弱いから折れないのさ

岡部伊都子

藤原書店

はしがきにかえて

――ハンセン病　深い謝罪を形にするとき――

なぜ、こんなにはっきりと誤りだとわかっている不幸極まりない「隔離政策」を、国がえんえんと続けてきたのか。

ハンセン病の病菌は結核菌よりもずっと弱く、感染していても発病しないことが多い。だのに、遺伝だとか危険だとかいって、世人からうとまれた。それは、まったく非科学的な偏見だった。

私は十四歳で結核になって通学をやめた。本を読んで安静にしていた時、結核よりも苦しい立場に置かれているハンセン病者のことを知って以来、国に、社会に、人間性を踏みにじられてきた人びとのことが忘れられなくなった。

神戸にいた一九六三年、私の書いたものをラジオで聞いたと、お手紙下さった大島青松《せいしょう》園（香川県庵治《あじ》町）の吉田美枝子《みえこ》さんのところへ、ずっと朗読奉仕に通っておられた少女に連れていってもらった。

そして「らい予防法」を適用され、家族から引き離されて、ハンセン病療養所に入所していらっしゃる方がたの苦難を知ることができた。

何度通ったことか、入園の方がたともお近づきになれて、泊めてもらって話し合った。面会に来た人が島から船で帰って行くのを見送るつらさ、愛する人がいるのに断種、中絶させられる理不尽。国は非人間的な隔離政策を続けた。吉田さんの正しい怒りに、指摘に、どんなに多くを学んだかわからない。

一九六八年、初めて沖縄へ渡った。米軍施政下の沖縄で、本土復帰促進集会へむけて行進している途中で「この向こうにハンセン病療養所があります」ときいて、とびこんだのが沖縄愛楽園（名護市）だった。そこでお友だちになった方がたがすばらしく、沖縄へゆけば必ず愛楽園をたずねる。

ずいぶん前、「らい予防法」の撤廃を願う署名活動をしたいと親しい入園者に相談したら、「療養所から出てどこに住めばいいのか。どんな目にあわされるかわからない」と止められた。自由になりたいのはやまやまなのに、社会に理解と愛がないのだ。

それだけに私はもと入園者、もうとっくに治癒されているのに、そのまま園に住んでいらっしゃる方がたが、「隔離政策で基本的人権を侵害された」と国に対して賠償訴訟を起こされた勇気を支持した。

本来は国家がきちんと弱者を守り行動するのが当然。そして私たち民衆の一人一人が政府に要求すべきだったのに。民主主義とはほど遠い自分たちの実態。

二〇〇一年五月十一日、熊本地裁で「ハンセン病隔離は違憲」とし、国に「一八億二三八〇万円の賠償を命令する」という判決がでた時、許せないことを「許せない」とした結論にほっとした。あちこちから喜びの声が届いた。この勝訴に至るまで、どれほど無念な事実があったことか、吉田美枝子さんをはじめ、亡くなってしまった人びとを偲んで涙せざるをえない。

判決当日、地裁前で判決を待っていた原告や支持者が、唱歌「故郷」を歌っていたという記事を読んで、私が沖縄愛楽園をたずねた時、歌われたこの曲に、ひとしお深い思いのこもっていたのを思い出した。

夢は今も　めぐりて
忘れがたき　故郷……。

故郷・血縁と強制的に隔絶されていた残酷な現実。

五月二十三日、国の控訴断念をきいた。ハンセン病訴訟は社会に存在するあらゆる差別、偏見から自他を解放するべく、真実をこめて人間の尊厳を問い続ける。

深い謝罪を形にして、元患者さんらの人権を積極的に守らなければならない。

問題はこれからだ。

弱いから折れないのさ／目次

題字・カバー画・扉画　星野富弘

弱いから折れないのさ

ありがたいお出逢い

ありがたいお出逢い

同じ京都市内にお住まいの在日の紳士、ロゴス塾で、数多くの青年子女を導いてこられた金鐘八《キムジョンパル》氏は、表立つことを避けて、地道に、すばらしい教育をして下さっています。

恵まれない方のために支援をつづけていらして、私は、この方のおかげで、尊いお出逢いの感動を味わわせていただきました。こういうことがあるのかしらと、ただ言葉をうしなって泣いていました。今日まで生かせてもらったからこそ、そして金氏をはじめ、多くの方がたに守っていただいたからこそ、この瞬間をいただきました。

金氏は、私が岩波書店から出版してもらった、佐高信・落合恵子お二方が岩波書店の高林寛子氏と三人で選んで下さった『岡部伊都子集』を、韓国の政治犯とされて獄に入れられておられた韓国外語大学教授だった朴菖熙《パクチャンヒ》先生に、さし入れて下さったのです。この『集』は五冊になっていて、決して安価な本ではありませんのに、五巻ともさし入れて下さったのですって。

朴先生は日韓両国の若者の心の交流を大切にされて、学生たちから慕われていらっしゃる偉大な教育者ですのに、一九九五年四月に、韓国政権は、国家保安法違反という言いがかりで不当な逮捕をしました。

先生は一橋大学、都立大学で歴史学を学ばれる中で、日本が強制併合した朝鮮半島への植民地支配の歴史を恥だと思っておられる上原専禄《うえはらせんろく》教授を知って、ご自分も「民衆同士の日常的な交流」こそ、両国を愛で結び、美しい未来を創るものとの行動を貫いてこられました。

その投獄は、みすみす無実のでっちあげと知っている友人、知人、学生たちが、たちまち救援グループを各地で活動、たとえば京都市内での宿泊記録を探して、一軒、一軒、旅館を探したと言われた若い新聞記者、秋元太一氏もありました。支援者グループ、弁護士、みんな懸命にアリバイとなる場所を探したそうで、運良く「朴さんという品のいい方が泊まられた」と記憶している女将に出逢って喜んだのに、その宿帖が無くて裁判に立証できなかったそうです。

そんな立派な朴先生が、金氏のさし入れて下さった五巻を読んで、面会にゆかれたお嬢さんに、「この本を読めてよかった。日韓関係に触れたところを集めても一冊になるよ」

とおっしゃった由。

どんなに、どんなにご無事の出獄を願ったでしょうか。金大中大統領が実現したあと、釈放され、一九九九年四月、韓国政府は朴先生の公民権を復活し、海外旅行が自由になったのです。

金氏が、朴先生が家へ見えるからと迎えに来て下さったので、私は厚かましく金氏のお宅へ伺いました。朴先生の堂々たる誠実のご様子、ご夫人のリンとして美しいご様子、私はこの瞬間のひとときのせつない喜びを、どう言葉にしていいか、わかりません。言葉になりません。ただ、お手をとって流れる涙、涙に濡れていました。次つぎと多くの人びとが祝福に訪れられるので、結局、涙だけで失礼したようなことでしたが、ご夫妻のお手を握らせてもらった感動に、いまも魂は揺れつづけています。

沖縄のハンセン療園だった愛楽園から、

「その感動の新聞記事が、以前、当園の看護婦をされていた川平ツル様から送られて来ましたよ。よかったね」

と喜びの声のきこえる南真砂子さんのお便りがきました。

ついこの間、友人に介助されて沖縄へゆきました時、愛楽園をたずねて、南さんと逢って感謝しました。南さんとは三十一年前から心友の間柄です。真実を言い合うありがたい友なのです。

詩の音色

『亡妻記他』（文童社）の頁を開いて、著者福田泰彦氏の魂ひびく詩や文に、涙しています。いえ、涙させられています。

もう十余年も前のことです。地元『京都新聞』の企画で、「八月十五日に思う」対談をさせていただいたのが、福田氏との最初のお出会いでした。

京は「お職方の町」と思います。

奈良「万葉」の舞台から、平安「古今」「新古今」へ展開する「王朝美学」の京ですが、その貴族文化を支えたのは、りっぱな仕事を伝承してきたお職方でした。

建都千二百年祝祭に揺れる今日の京も、地道な苦悩をになう人びとに支えられていることでしょう。福田泰彦氏は、お笛師。奈良時代に渡来した雅楽の竜笛《りゅうてき》や高麗笛、能楽用の能管《のうかん》、ひちりきなどをも作られる名手です。私は、この方と戦争についてお話し合って以来、伝統のなかにひそむ深刻な家と個の問題や、つきせぬ血と涙の陰影をすこしは理解する心を持てたような気がしています。

すぐれた音色《ねいろ》の名笛を作られる名人は、また胸うつ詩人です。お宅へ伺った時お目にかかっていた奥様が、ガンで先立たれました。

誰？

あなたを病院へ連れて行った日
ぼく、八十五歳だった。
そしてあなたが息をひきとったとき
六十五歳になっていた。

でもあれから三年と経たぬうちに
また八十歳を超えてきたのだが
あの日あなたといっしょに死んだ二十歳は
いったい誰だったのだろう。

ぼく、誰？

誰？って。
今でも、九十三歳でいらっしゃるお母様の面倒をみて、ともに暮していらっしゃる福田氏のお心に、時ともなくあふれてくる亡きお方へのなつかしさ、呼びかけがいっぱい。新田次郎著『笛師』（講談社文庫）は、新田次郎氏が福田氏を取材されて生まれた小説で、ほとんど実話でしょう。私は楽人さんがお笛の音色を調べる「笛選び」の録音の一節をカセットにしてもらいましたが、朝夕の空気が澄んできますと、ひとりその音色にひたりたくなります。

嘘

末期癌だったのに
十時間を越える手術を受けさせ
「もうすぐ良くなる」と言いくるめて
送ってしまった。

で
日に一度哭《な》くことにしている。

二度哭くと健康を保てないので。
三度哭くと自殺することになるので。
また、お笛をききたくなりました。

末っ子の思い

これからこそ、農が光りとなる世です。

いよいよお土がものいう時代です。

山形で魂に直結した農を貫いていらっしゃる詩士、斎藤たきち氏ご一家を迎えて、真壁仁《まかべひとし》先生につながる『地下水』のご縁をなつかしみました。仁先生は「百姓」を誇る忘れがたいお人柄の土の詩人でいらっしゃいました。たきち・幸子ご夫妻とは、たびたびお逢いしていますが、立派にご成長のお子さんがたとは初対面でした。

長男朋《とも》氏は二十九歳、東南アジアの各国を歩いて、新鮮な目で心にしみる報告を書かれているフリー・ライターです。


メコンデルタに出かけた時、枯れ葉剤の爆撃を受けた土地にも青あおとした熱帯樹が生い茂っているのを見て、大地の自然回復力には驚かされた。近くの売店で極めてベトナム的な食べ物——鏡もちでハムをはさんだサンドイッチを注文すると、それを差し出した女性の手

に息をのんだ。内側へ九〇度に曲がった両手首。(略)

枯れ葉剤の毒で失われたいのち、歪んだ手足は、復活することが無いんです。

長女亜希《あき》氏二十七歳は看護関係のお仕事、介護の実践に当る次女砂由里《さゆり》氏二十五歳といっしょに東京で住んで働いておいでとのこと。この堂々たるご姉妹の笑顔に、

「ああこの方がたに介護されるとうれしいやろな」

と、思わずにはいられませんでした。

砂由里さんが、

「私はバガ末子《バッチ》とよばれる末っ子で」

と言われたので、びっくり。昔の大家族時代、「総領《そうりょ》っ子」と対照的に、いつも母にくっついて甘えている末っ子のことを、各地でそういうふうに言った名ごりがあるのでしょうか。田畑のそばで眠ったり遊んだりした末っ子さんは、精気あふれるお力の人。

それに比べて、同じ末っ子でも私は大阪の虚弱児。ありがたいことに見棄てられても仕様のない泣き虫弱虫でしたのに、母は毎年一年の末の十二月を乙子月《おとごづき》とし、その朔日《ついたち》には「いのち長かれ」と願う祝膳を用意してくれました。

「一番末の子は親といっしょに生きられる時間がいちばん短い。すぐに別れんならん。それでふ

びんがかかるんや。あんたはその上、弱いもんな。来年の誕生日まで生きてるやどうやわかれへん」

私に、母はそう言いながら、当時は珍しかった小学校の友人を招く誕生パーティをしてくれました。母の心を心としてか、兄たちや姉も末っ子をいじめませんでしたから、その扱いを当然と思ってきたのでした。

もろいからこそ、か弱いからこそ、家族が大切にしていたんですね。そのおかげで、えんえんといのち長らえ、母が急死した年齢になるまで、この世に置いてもらっているんでしょう。それなのに調子にのって、

「末っ子は大事にされていいのよ。胸張っていらっしゃい」

などと、大はしゃぎしました。

兄妹どころか、一人っ子。子のないお家も多く、少子時代が悲しまれていました。でも、ほんの少しながら出生率が増えました由。どうかすべてのお子に喜びを、敬意を！

お数珠が切れた日

久しぶりに人さまの前へ出てお話しする日がきました。りっぱな学者、研究者をはじめ、年齢も立場も多様な方がたに、いつも周りから助けられ守られるいっぽうの私が、何を話せるのでしょう。加齢と、さらに宿痾と。

この日のためにに体調をととのえてはいたつもりですけれど、さて、どうなりますやら。

「なぜ私みたいな非力な者が……」

となやんで、いまさら、

「そう、自分が弱者であるからこそ弱者の人権への思いをお話しよう」

と思い当ります。両親と戦死した兄の三枚の写真を並べてある前で、

「行って参じます」

と、挨拶のお数珠を手にとりましたら、とたんに、ぱっと数珠の紐が切れました。

ま、これは、何を教えてくれはったんかな。物心ついてからずっとそばにある数珠のうちの一つですから、古くなって紐が弱ってもいたのでしょう。よく慣れた艶《つや》の紅珊瑚《べにさんご》の念珠です。

ふと、思いだしました。何十年か昔、仕事で各地の寺社、仏像を巡礼していた時、これは水晶のお数珠でしたが、ご本尊の前ではじけるように四散したことを。ほかならぬご本堂で、すみに散ってもお数珠の玉はそれなりの花かと、勝手者はそのままにして戻りました。大体、神仏の前にたつのに、信仰ではなく「取材」というのが無礼です。けれども私はそのおかげで、それまで知らなかった多くのすぐれた御像を仰がせてもらい、狭い視野から解放されました。どちらへ伺っても、まず「非礼をおゆるし下さいませ」のおわび合掌からはじまったんです。

今度は、輪の紐が切れて一本になっただけで、珊瑚は散りません。小箱に収めてそのまま出かけました。母がどんなにかお数珠を大切にしていました。ご注意うけて心静かに、たどたどしい願いを訴えて帰りました。母の急逝した年齢にまで生かせてもらったふしぎ。いろんなふしぎがあって、「その時」、があるのですね。

翌日、私が三十年来おせわをかけてきた医院からおでんわがかかりました。私のことを心にかけて案じていて下さる主治医の先生が、病気の数値にお叱りかと思って「申しわけありません」と受話器をとりましたら、なんと、その大事な先生が急に亡くなられたというお報せでした。それも、あの、念珠切れた頃に……。

心から尊敬し信頼していた先生に、突然消えてゆかれて「みんな逝く」が実感です。あの大地震はいうまでもなく。物もいのちも人も、どうしようもなく。

今夜は五十年前、大阪大空襲の阿鼻でした。いまだに骨わからぬ戦場や殺戮の地が世界中にうずいています。もうそれぞれの思想や信念、歴史や文化を、他との対立とするのではなく差異を超えて人類愛に活かさなくてはいられない時期だと思います。

人界が地獄相をみせるとき、天上もまた地獄をのぞき見なければならない悲しみからまぬがれえないでしょう。霊園・墓地も揺れつぶれて。宇宙の天界揺れ揺れて。

美八重さんというお名

一九六〇年、日米安全保障条約改定に疑問を深めている国民の問いを無視する当時の岸首相自民党政府に対して、真実を知りたい民衆は、全国的に揺れ動きました。五月十九日夜の「会期延長」、三〇分のち五月二十日深夜の「単独強行可決」。組織をもたない町の人びとが、静かな二千万署名を支え、東京中央郵便局には解散要求の電報が集中したと申します。

「日本の忿怒《ふんぬ》」といいたいような地道な市民の抗議デモを、私は初めて見ました。敗戦までの日本では、民衆自身の意見など許されず、すべて、上からの命令によって動かされていました。「神国の聖戦」に「戦争反対」のデモ一つ、見たことはありません。もちろん女性に参政権無く、「ただ臣従」あるのみ。母たちは、国民精神総動員の愛国婦人会に動員されていたのです。

参政権ができてやっと十四年の安保反対学生デモで、女子学生樺《かんば》美智子さんが国会南通用門前で亡くなりました。命日に当たる六月十五日に来合わせた男性がたが「樺さん」を思い出して語られます。

二十二歳の樺さん。その年齢の時の私は、愛する人の「戦争反対」を理解する力さえ無い軍国乙女でした。そのわが罪が、はっきり浮きたつ女子学生の死でした。そしてもうお一人、同じ六月十五日、同じ二十二歳の少女が、九州博多駅のホームで投身自殺をしているのです。三井三池炭鉱争議の現地を見てひどく思いつめ、「私は力もない貧しい人間ですが、私の死をムダにしないで下さい」と書き残して。

それまで炭鉱の状況を知らず、炭坑夫の悲惨な労働をまったく知らなかった私でした。きっとこの少女も初めて知った現実に心を痛めたのでしょう。

樺さんの話がでると、同日、博多で自死した女性のことが思いだされて、つい、その話をします。これまで訊かれたことは無かったのですが、論楽社《ろんがくしゃ》の虫賀宗博《むしがむねひろ》・上島聖好《うえじましょうこう》お二人は、私がこの話をするとすぐ「その人の名は何と言いますか」と言われました。

そうです、私は調べていませんでした。地元の新聞社に問い合わせたら、そのお名が明らかになったでしょうに……。なんという冷たい記憶でしょう。

さっそく調べて下さった上島さんからのおでんわで、

「お名がわかりましたよ。岡崎美八重《みやえ》さんですって。思わず空へむかってお名を呼びました」

と告げられ、涙にむせびました。

三十五年目にして、ようやく教えてもらったそのお名。「人と人が争う悲しさ」を歎く岡崎さんは師事する日蓮宗僧侶とともに三池争議の大牟田に入って大会を傍聴し、労組の案内でホッパーなど見てまわったとか。師の気づかぬ間に、純ないのちに切実な願いをこめて消えてしまったというのです。

「なぜ多くの人が苦しまなければならないのかしら。命をかけて憎しみ合いの終る日のくることを祈ります」

と走り書きして。

ようやくに

数え年十四歳（一九三六年）の春、当時、不治の病であった結核となり、ひたすら死を覚悟するほかなかった私は、同じく不治の病に「癩・レプラ」とよばれる難病があると知りました。

他のものは何も要らない病床生活に、母からもらうお小遣いで本を求めました。思春期の女の子は、やはり「生と、死と、愛」にかかわる書物を手あたりまかせにつみ重ねて、次つぎと読むだけが古今東西の情愛や風景に通《かよ》う道。

北条民雄『いのちの初夜』や明石海人歌集『白描』、小川正子著『小島の春』などに、結核よりもずっとむごい病状と絶対の絶望、何よりもさみしい愛する家族との別離を知ったのです。それまで想像したことのない病でした。

十九歳の時、十八歳の妻を得た喜びも束の間、北条民雄は身体の不調に気づきます。病名を告げられて以来、

「なんでもない、なんでもない、俺はへこたれはしない」

という呟《つぶや》きと、

「ああ俺はどこかへ行きたいなあ」

と口走った言葉との間を揺れつづけた民雄の生涯。

妻と別れ、二十一歳の時、東村山の全生《ぜんしょう》病院（今は全生園）に入院して、病勢と闘いながら二十四歳で腸結核になって亡くなるまでに、おびただしい本を読み、みごとな小説や記録、日記を書きました。

『北条民雄全集』（創元社）上巻が手もとに見当らず、下巻をなつかしく読み直しました。「断想」の自殺考（病気や運命に追いつめられての自殺は、自殺ではなく殺されたのだと言っています。僕は自殺は希んでいるけれど、殺されるのは断じていやだと）など、今でも共感新たな感動をもちます。

北条民雄を愛し理解して、ずっと励ましつづけられた作家、川端康成は、「ドストエフスキイ、トルストイ、ゲーテを読め」と言われていたらしく、けれど民雄はゲーテには近づかなかったと、友人の追悼記にあります。

胸の内部のくずれくる肺結核もつらいけれど、まだきれいごと。自分の身体が麻痺してただれてくるのを直視しなければならないというつらさに衝撃をうけて、見返しにつたない文字を書き入れていました。

永遠に癒ゆる日のなき癩の人々。この表現できぬ程の苦しい絶望に比べて、我々の何と贅沢《ぜいたく》な悩みではある。

こつこつと夜あるく人の足音す
　更けし空気に泣きている我

「昭和十四年棚機《たなばた》月のはじめ」と書いていますから、民雄の死後出版された全集を、一九三九年七月に求めたことになります。その夜からでも六十年以上の年月が経つわけです。

この夜「永遠に癒ゆる日のなき」などと書いていますが、敗戦後数年で、新薬プロミン剤によって完全に治癒する時代となりました。

良かった、嬉しい！　難病は完治して一般社会への復帰が可能になったんです。在宅治療ＯＫ！だのに、強制隔離を基本とする「らい予防法」が、なんとその後も改正されず、社会は差別偏見をえんえんとつづけてきました。世界保健機関（ＷＨＯ）が「差別法の最たるもの」といっている非人権法がようやく解消されます。無念のまま逝った人びとを思えばあまりに遅い、でも、ようやく、ようやくに。

思いちがい

表に出たとたん、お母さんの手押し車にのった坊やが通りかかってこちらを見て、とてもいいお顔になられました。この間まで抱っこでしたのに、もう。

「坊や、おいくつですか、お名前は？」

二歳ですって。お母さまが教えてくださいました。

「あのね、カンダイと言うんです。寛大な心になるようにと、その寛大」

「すてきなお子ですね」

しゃがんで坊やとお話しました。にこにこと話し、さよならの手を振って、まさに明るい寛大君。

小さな人の大好きな私は、自分が五、六歳の頃から、もっと幼い人びとを大切に思ってきました。抱き上げる力もないのに、抱きたいんです。

大阪は立売堀《いたちぼり》北一丁目、タイル屋の小娘は、ご近所の通学前の子どもさんたちと仲良しでした。子どもたちは私の部屋でお話したり、歌ったり。外へ出ると争って私にまつわりついてくれます。鬼ごっこや縄とびもしました。

先日、お近くのご主人が思いがけなくこられて「大阪の集りで知っている方からのおことづけです」と、お菓子とお手紙を届けてくださいました。立派な茶道の先生でいらっしゃる紳士が、私に「小さい時よく可愛がってもらったから」と、おっしゃったそうです。ところがお名を何度読み直しても、その方の面影が浮かびません。急激にすすんでいるわが忘却の呆け。

「思い出されましたか」

と訊かれ、

「いえ、すっかり忘れてしまって、思い出せませんの。でもこの腕や胸は覚えているでしょう。きっと抱っこしたでしょうから」

なんて、お礼を申し上げました。

教えてもらったご住所に、お礼状と、折から完成したばかりの小著『岡部伊都子集』第一巻を、お送りしました。すると、そのお方から電話がありました。いろいろと昔のお話をうかがって、やっとわかりました。私はすっかり思いちがいをしていたのです。

その方は、私が結婚して大阪の四つ橋近くに暮していた時の、ご近所の方なのでした。当時、もう大学生でお茶を教えてもいらしたとか。

そして、私が三十歳の時、婚家先を出て母ひとり住む伽羅橋《きゃらばし》の仮寓《かぐう》へ帰ったあとも、同じ南海電車の車内でときどき出会うことがあったそうです。

「いつかね、今日はどこへ行くのですかとたずねたら『レコードを売りに』と言いながら、とても嬉しそうでしたよ。冗談かと思うたくらいです」

そうおききして、

「あ、それなら覚えています。帰ってきた荷物の中からレコードを売りに行ったんですよ。何分、お金がありませんから。売れれば夕食代が出るでしょう。まあ、あの時のお方でしたか」

小さなお子さんだった方と思いこんで、

「この腕が、胸が知ってるでしょう。抱っこしたはずですから」

なんて言ってしまって、えらいことしました。

さし上げた本には、離婚の記述もはいっています。その頃の私を理解されたかしら。読んでくださったかしら。

お経にダンスの坊や

小さな投書が目につきました。

三十一歳のお母さんです。

一歳二カ月のわんぱく坊主はノリが良く、しょっちゅう踊っています。テレビのリズミカルな音楽はもちろんのこと、演歌やクラシックでもうれしそうに踊ります。先日、法事があり、恐れていたことが……。

どうなさったのかな、と一瞬心配して。

何とお経に合わせて踊っているのです。

おかしいやら、恥ずかしいやら。

ですって。何て素敵な坊やでしょう。

まだ一歳二カ月とのことですが、その全身にあふれてくるリズム感覚が素晴らしいのですね。人それぞれに、自分でもわからない自分を構成している要素があって、この坊やも、なぜこんなに踊りたくなるのかわからないまま自然のうちからのうながしにのって、身体を動かしていらっしゃるのでしょう。

いいなぁ、きっと、天性ゆたかな音楽性と舞踊性に恵まれていらっしゃるのですよ。その踊りがひとめ見たい！

とくにお経に合わせて踊っていらっしゃる小さなお人の天真らんまんのご様子を見たい。これは、どんな名優の舞台よりも、美しい可愛い表情でしょうね。

「まさか、お母さん。お経で踊っている坊やを、ほんとに恥ずかしいなんて思われたのではないでしょうね。ほんとなら、そこに居合わせたおとなもいっしょになって踊るといいのですが。やはり、お経のあがっている間は、『静かに』とひかえさせて、そのあとはお坊さまも、親戚の長老たちもいっしょに踊って」

せめて拍手を。

人はいつ頃から踊るのでしょうか。

言葉や、目や表情で表現できる自分の感情を、でも、とても表現しきれない情念、情感がいっぱいあふれてくると、どうしようもなく踊るのです。太古の昔から。

リズムにのって全身が踊る、さびしさや悲しさ、空虚や恐怖、自分の到達しようもない憧れや、真実への愛も、その一挙手一投足にこもっています。踊りほど、天然自然な感情表現はないかもしれませんね。

踊りを一つの形式におしこめ「行儀が悪い」だの「今は踊ってはいけない」なんて、社会「常識」ができてきたので、各国、それぞれの民族性や伝承、習慣などで微妙に異なった「流儀」ができてきました。でもちょっと昔をかえりみましても、熱狂的に念仏し遊行する一遍上人の時宗など、いかにも嬉しそうに揺れ踊っている民衆の姿があります。

いいなぁ、いいなぁ。

昨日もモーツァルト作曲の音楽に魂安らぐ青年（といってももう四十になられるでしょうか）が、その音楽の気品をしみじみ話されるのに共感しました。

川口市の「お経にダンス」の坊や、子ども返りのゆきつくところ、私は日常によろこび踊るあなたの世界へたどり着きたく思います。

哲学のおん香

お元気とは伺っていましたけれども、まさか、突然、國分敬治《こくぶけいじ》先生をお迎えするとは、思っていませんでした。

「二条城までくるついでがあったから、いつ、どうなるかわからない、ひと目逢っておこうと思って」

もう八十九歳、数えでは卒寿九十歳の御身を、ここまで来てくださったのです。お一人で……。応接室にお待たせしたまま、安静をとび起きて髪をなでつけ、少しは紅白粉も、長年お目にかからないままの先生のお目に優しく映れかしと、気がせきました。

一九九六年はオリンピックの年でした。オリンピア市の名誉市民でいらっしゃる先生はオリンピックの式典にもゆかれて、

「オリンピックの祭典は、国や、選手が競争するためのものではありませんよ。オリンピックは、世界平和を創る祭典なのです」

と講演されました。

大阪の町なかにある西本願寺系の私立相愛高女へ入学して二年生に進んだとたん、春の検診で結核療養のため休学となってしまいました。お若かった押谷《おしたに》敬治先生が、その時の担任でした。のちに國分敬治となられた真宗学者、キリスト者でもある先生のご事情を、私はまったく理解していません。戦争中カトリック信者は、特高に監視されていました。

私はひたすら病気。先生は山内得立《やまのうちとくりゅう》先生の哲学研究室へ戻られたと、それこそ後にききました。私が執筆生活をはじめてまもなくの頃ではなかったでしょうか。秋篠《あきしの》寺へまいって、本堂の大好きな伎芸天さまを仰ぎ、立ち去りがたく逍遥していた時でした。当時はほとんど人の来ない寺域に、三、四人の人影があらわれました。

「まあ、先生……」

「あ、岡部さんか」

再会の機でした。

「岡部さんが、まだご存命だなんて……」

と、心から驚いておられた語調が思いだされます。

それ以来、幼い私の仕事を見守ってくださったのです。

一九九六年、落合恵子、佐高信編集の『岡部伊都子集』全五巻が岩波書店から刊行され、既著百冊となるからでしょうか、

「良かったね。一度お祝いにゆきますよ」

と言って下さっていましたが。

「はい、お祝いはお香です。白檀《びゃくだん》だよ」

って、三種焚の香立《こうたて》もともに手渡してくださいました。

さっそくその香立に白檀をたてます。私は茶道に遠く、香道を存じません。ただ幼い時から香の薫りに、静かな安らぎを感じてきました。

『キリスト教と浄土真宗』『パウロと親鸞』ほか数えられない多くの著書をもたれている國分先生が、

「名古屋からの列車の間、手近にある本を持って出て読んでいました。古いけれど置いてゆきます」

と、ポケットから出して下さったのは、プラトン著『ソクラテスの弁明・クリトン』(久保勉訳)でした。こんな細かなむつかしい字、私、もう、とっても。

先生は四十年前の岩波文庫、ご自身が朱線をひかれた文を読ませて、哲学のこころとお香を下さったんですね。

仲よく生きたい

「今日もまた『いじめによる自殺』の記事がありましたね」

甥の配偶者初枝さんは二人の娘の母。子育ての困難をよく知っています。ありがたいことに、もう今年三月、大学の社会福祉科を卒業する姉の優里《ゆり》も、高校のバレーボール部で合宿や競技に忙しい妹の磨知《まち》も、すくすくと、どちらも一六五センチに近づく堂々の健康体です。私はその娘たちが成人する刻々、情の深い、そして挨拶のていねいな、素直な性格に助けられました。

「いい子に育ててもらって、ありがとう」

と言うと、

「それはお父さんがえらいから」

と微笑みます。

甥は幼い時、岡部の破産で生みの母が実家へ去ったさびしさに育ちました。

「他に何も望まない、仲のいい温かな家庭がほしい」

後の母を迎えた父が、自分の高校時代にまた破産すると、甥は、

「学問はもう、いいよ」

と学校をやめ、水道職人の技術に就いてきました。

私の二十歳の時に生れたこの甥（兄の子）と、同い年の姪（姉の子）とは、子ども好きの私を慰めるありがたい存在でした。

けれど本人にとって、決して楽な道ではありません。それぞれに辛い、悲しいことがあったでしょう。「もう、いや」と思ったことも多かったはずです。甥は自分で「この人」と選んだ女性と結婚しました。自分のすべてを知ってくれ、夢の「仲のよい家族づくり」をわかってくれる女性だと信じたのでしょう。

貧しいながらも誠実な労働と、相互の信頼。仕事仲間にも、ご近所にも、こちらから声をかけて心ひらく自然なおつき合い。

逢うたびに、甥一家の在りかたに感謝します。何につけても「お父さんが優しいから」と父をたたえるお母さんを、二人の娘は心から尊敬しています。

「教育は学校以前、家庭が大事だと思います。親が大切でしょう」

と、今日もしみじみ教えられました。

いじめられて死んだ生徒たち、また、いじめた側の生徒たち。なぜ、人をいじめ、悲しみにつき落すことができるのでしょう。他の存在を苦しめるなんて、まず自分がつらい。恥かしい。

家庭でも、学校でも、社会でも、「人を大切にし合う」のが、喜びの原則です。東京からの泊り客を「こんな温かい家庭は初めて」とおどろかせたという甥一家は、それぞれの個性を明らかにして、言いたいことを言いながら、大事にし合って暮しています。

自殺した生徒の遺書で、わが子がいじめたと知った四十五歳の運転手さんは、遺族の前に毎日のように謝罪に訪れ、疲れ切って農薬で死んでしまわれたそうです。胸痛いお父さん。この痛ましいお父さん、つらいですね。

お正月の一日に、四十余年前から親しくしてきた女性、私が逢った時から「マリア」と呼ばずにはいられなかった心美しい年上の女性が、千葉の自室で亡くなられました。

次つぎと、知友の訃報のつづく新年に、こちらも、

「逝くから、待っててね。また機嫌よく逢いましょう」

なんて。

ひとり住まいの高年者は、ひとり逝きます。

美枝子さんのおかげで

四十年近い昔、「四百字の言葉」の放送で無眼球児《むがんきゅうじ》の造型に泣いた話を流しましたら、大島（香川県）の青松園《せいしょうえん》におられた吉田美枝子《みえこ》さんからお便りがきました。小さなお子が、自分のてのひらで触れて見たもろもろを、そのてのひらで粘土細工された造型に、「目がほしい！」と題されていたのです。

晴眼者はみんな泣きました。

介護の方に書いてもらわれたらしい吉田さんのお手紙には、

「放送をいつもきいています。私も盲人ですが、私はハンセン病による失明、それで触覚がないから点字も舌で読むのです」

と、ありました。舌から血が流れるほどの舌訓練とか。

「らい」といわれた病気が、触覚がないことをはじめて知って、どんなにご不自由かとこの文通をご縁に、当時住んでいた神戸から高松港へゆき、そこから大島へ渡りました。

美枝子さんは、日本医療の恥ずべき非人権法「らい予防法」によって、隔離される必要のない大切な人生を、家族と離れて、青松園で過ごされた方です。その不当な真実をはっきり教えて下さった私の恩人です。

私は美枝子さんのおかげで、ハンセン病であった多くの方がたに、「思うことを語り合える」知己を得ました。

その美枝子さんは一九九六年に亡くなられて、私は翌年六月、高松での仕事があったので、ぜひにと久しぶりの青松園にまいりました。

美枝子さんによって友となれたのは、在園の方ばかりではありません。高松に住み、大島へ家族みんなでたずねて見舞っておられたT氏ご一家とも親しくなっていました。

久しぶりの大島ゆきに、そのT夫人もいっしょに行って、泊まって下さいました。

納骨堂で美枝子さんのお骨箱にすがり、島の皆さん方が「残骨を美しく納める石の造型」のある明るい広場を「風の舞」とよばれるのに感動しました。

「納骨堂にも、〃風の舞〃にも、美枝子さんはいるんだよ」

と、昔から何度かお逢いしているなつかしい方がたが言われます。「風の舞」って、いい表現ですね。

翌朝、盲人会中心のお別れ会を一時間もってから、皆さんとお別れして高松へ戻りました。その便船の着く桟橋に、ちゃんとT氏が迎えに来ておられました。前日、ここからの出発をも見送ってくださったT氏、私はT夫人と二人で何度も青松園へ通われるご一家のことを思いました。小さかったお嬢さんも今は結婚して別に一家をもたれています。

何とうれしいご一家でしょうか。「しょっちゅう喧嘩していますよ」と笑って話されますが、私は今度ほど、いい加減だった自分の結婚の、本質的なまちがいを、具体的に思い当らせてもらったことはありませんでした。

もし、もし、いっしょに青松園へ見舞いにゆく思いを共有できる配偶者でしたら、一九五三年四月の私の離婚は無かったでしょう。私がうれしい気分の時、その人は不機嫌でした。利益になることだけをして、岡部が破産したあとは、生家の母がたずねてきてもいい顔をしませんでした。私はつらい事情の時なればこそ、母を喜ばせ守りたかったのですが。

T氏ご夫妻に、私の願う一対の姿を見ました。

先生がたの前で

ある仏教保育大学講座で、会場へまいった時のことです。

全国から議論に集ってみえている女性、男性の方がた、会場満杯の皆様に、私を招いて下さった主宰者の方が、「岡部伊都子先生のお話を」と、紹介して下さいました。あっ、私のお願いを会場にはいる前に、ちゃんとしておくべきでした。いつも言っている親しい方なので、つい気をゆるして失礼していました。

あわてました。

「只今、先生とご紹介いただきましたが、みてごらんなさいませ、先生はこの場にあふれていらっしゃいます。小さな人たちの尊い未来を育てて下さっています先生がた、ありがとうございます。私は保育を受けた昔から今日に至るまで、先生がたに守られる一方です。教えたことは一度もありません。

どうか未来の心を育てて下さっている先生、私のことを、岡部さんとか、伊都子《いつこ》ちゃんとか呼んで下さいませ（ワッと笑って下さった）。幼い私、どんなにうれしいかわかりません。どうぞお願い申し上げます」

そのお立場、お仕事もさまざまなのでしょう。若い先生、壮年、そして相当お年を召した先生がたも多くて、私はそのご挨拶をすませてから、思い出や希望など思いのままにお話しさせてもらったのでした。

保育の先生がたというだけで、私はすっかり甘えていたと思います。四日間も研修をしつづけていらっしゃる先生がた、私のすぐ前で何かメモしていらっしゃった中年の男性の先生が、私が壇を降りて帰りかけましたら、

「あ、ラヴレターですよ！」

と、そのメモを下さいました。

「わぁー嬉しいな、ラヴレターですって！」

と、それを見せるように振りながら会場を去り、家に戻りました。そして、ゆっくり、そのメモを拝見しました。

何と、遠い帯広から来られた香田究《こうだきゅう》先生でした。

先生は私の名がいつこときこえなかったのではないでしょうか。でも、ちゃんと、「先生」はやめて下さって……。

いとこちゃんへ／目がないている／目がいかっている／生きている／まるで母のようなはだとかみの毛で／指は母よりも細く手は母よりも小さいが／生きている／ないている／いかっている／ありがとう云々

と、書いてあるのです。泣いてしまいました。きっと優しいお母さまのことを偲んで下さったのでしょう。あとで下さったお手紙に、保育歴十九年でその間何度か「先生」について考えたとのこと、今度お逢いしたら「キュウちゃん」とお呼びする約束をいたしました。

「平和のために何をしている？　子供のために何をしている？」

そう問われると、私……何もしていない、できていないさびしさのどん底に吸いこまれます。

他にも大切なお便りたくさんいただきましたが「先生」のよび方、きっと考えていて下さるでしょう。

コウダ、アアダのキュウちゃん！　またお逢いしましょうね。また教えて下さいませ。

このハルモニたちに

すごい絵であった。私は、韓国の姜徳景《カンドクキョン》画といわれる数枚の絵葉書を数年前、徐勝《ソスン》氏にもらって声ならぬ恐怖を実感した。

「踏みにじられた純潔」と題された絵は、桜の木の胴が日本兵で、凌辱された女性が裸で両手で顔をおおっていた。桜の花満開、地には髑髏《どくろ》がいっぱい散っている。

小さな部屋だけの小屋に通ってくる日本兵「ラバウル慰安所」、「悪夢—溺れる—」は、両手をさしあげて巨大な水渦に吸いこまれてゆく女人。

本にもはいっているが、その絵の深く描く日本軍の正体は、このハルモニたちと同年齢の私をきびしく問いつめる。私はこの女性たちがすさまじい凌辱に遭っている時、ただ結核で安静にしていた。そして今日も……。

姜徳景ハルモニは十五歳の高等科一年生の時「女子挺身隊一期生」として晋州《チンジュ》から連れてゆかれ、慰安婦とされてしまった。ナヌム（分かちあい）の家で勉強した絵で、日本の戦争犯罪を告発しつづけた姜ハルモニは、あくまでも「日本政府の心からの謝罪と賠償」を求め、民間基金を拒否、肺癌で一九九七年二月に亡くなられた。

現在も激しい思いを耐えておられるナヌムの家のハルモニをていねいに紹介できなくて残念だ。『ナヌムの家のハルモニたち』（人文書院刊）を、一人でも多くの人に読んでもらいたい。これは五年前からハルモニたちをナヌムの家で見守って、ともに暮している慧眞《ヘジン》スニムが、ハルモニたちの個性、言葉、表情を率直に綴った内容だ。

スニムは僧侶のこと。ハルモニはおばあさん。徐勝・金京子《キムキョンジャ》両氏の訳で、徐勝氏はさらに細かな解説を展開。

ハルモニのきいた「以北って何？」の一言にも、胸を刺される。

慧眞スニムは一九六五年、太白《テパク》市で生まれ、成均館《ソンギュングアン》大学電子工学科にすすむ。学生、労働運動を鎮圧する戦闘警察隊に配置され、悩みぬいて仏門に入った由。生き仏教徒だ。

仏教人権委員会の仕事をし、元慰安婦の惨状を知って仏教会の問題とされた。一九九二年十月「ナヌムの家」が作られ、院長となったそうだ。新聞で、何とも優しい丸顔の三十三歳の青年僧侶を見た。ハルモニたちは、日々このスニムにありのままの自分をみせる。

若人のボランティアも多い。他のスニムも来られる。ハルモニたちは、毎週水曜日には日本政府の謝罪と賠償を求めて〝水曜デモ〟を日本大使館の前で行なう。

抗議は厳しく心からあふれる。日本は何だ、政府は何だ、民衆は何だ。……私は、私は何だ……。

否応なく慰安婦とされたつらい過去をはっきり名乗りあげて、日本と闘ってきたハルモニたち。その歴史的事実を伝え、真の平和を問いたいと、ナヌムの家のそばに元日本軍慰安婦記念館が造られつつあるそうだ。記念館後援会も造られた。

日本政府の意図的隠蔽で、戦争の女性加害の実態は埋もれたままだ。フィリピンをはじめ、アジア各地に数知れぬハルモニたちの訴えるうめきがきこえる。

人間性の解放

毎日、机上に届けられるお手紙を拝見して、喜んだり、かなしんだり、せつなくなったりして、また、新しい自分がひき出されてくるのを意識する。

そのお手紙を読むうちに対話が生まれてきて、簡単なお礼状や、ハガキのご挨拶ではどうしようもないことがある。そのまま、大切に机上に置き、何かの時に読みかえしてそのたびにお話ししたくなるのだが、原稿の締切りや予定に追われ、乏しい体調をととのえるのにせいいっぱいで、なかなか、充分な思いをお返事できない。

先日、未見の若い女性記者から、私は、

「こういう方にこそ、このように読まれたかった」

と思う内容のお便りをいただいた。これまでの長い歳月、ひたすらに仕事をさせてもらった喜びを味わった。自分の著書へのお便りなので、それを記すことはずい分いい気なことだと思うけれど、やはり、ここをわかって下さったことを、感謝せずにはいられない。

この方は小著『水平へのあこがれ』を読んで、冒頭の一文「差別が重なる」の末尾の二行を引用して下さっていた。

女として見下されてきた私は、男を見下す不幸からも解放されたい。人権として、自由として、個の存在を大切にしたい。

その「男を見下す不幸からも解放されたい」と願うわが心に、理解を示して下さった。他を見下すことを「不幸」と感じる私。

その方は封建的な性差別、悪しき伝統習慣に、

「八方塞がりのような気持ちを感ずることも一度や二度ではありません。差別は日々闘いの中でのみ、少しずつ減らしていけるものだ、もちろん闘いの相手は男たち、そして差別構造そのものです。たまには味方もいますが……。男を見下すことによってパワーを得るしかないと思っていました」

と書かれていた。

そこへ私の「男を見下す不幸からも解放されたい」を照らし合わせて下さったのだ。

原稿で生活しはじめてから今年（一九九八年）で満四十四年が経つ。世間知らずで、病弱で、まったく学力の無い私が、女性の執筆者の少なかった時代から、時代の転変、性差、そして多様な現

実相のなかで、右往左往、よろめきながら実感してきた男性と、女性の在りかた。男か、女か、集団か、個か。それぞれ、「その人自身」の問題をも重ねて、一言には言い切れない気持ちがあふれる。

日本社会、アジア社会だけではない。

世界人類は今なお人種差別に歪みつづけている。そしてその底をさらに男女差別の不幸がつづく。もうこのように、人間が男女の存在である事実を「不幸」な形に思考するのはやめたい。

「女を見下す」ことは「男の不幸」だ。

「男を見下す」ことは「女の不幸」だ。

自分を人間として育てたい。互いの尊厳を大切に。民衆のひとりとして、共に願うのは「人間性の解放」だ。

ええとこへゆく

年末年始は、悲喜こもごも。

「喪中につき年末年始のご挨拶ご遠慮申し上げます」という さびしい御状が、次つぎと届きます。そして、「どういうことが起ったのか」「なぜ喪中となったのか」が、簡単に記されています。

ご家族のどなたが不幸でも、つらいですね。長いご病床に苦しんでおられたお方、また、まったく想像もできなかった「急逝」というお知らせもあります。私自身も、こんな年になるまで幾転変、じつに多くの方がたに優しく面倒をみていただいて「おめでとう」と生かしてもらいました。

この間、古いメモをみていましたら、自分の書いた「ありがとう遺文」という封筒がはさんでありました。

ありがとう遺文

いつ、何事が起って、どうなるかわからないと思い、ふと、今日の思いを記しておきます。

これまでの人生に、何度書いたかわからない、感謝のさよならです。

社会の皆様、

知人、友人、縁戚の皆様。

つたない私の生を、大切にいとおしみ、守ってくださいまして、ありがとうございました。

いまさらの御礼。そしてあと始末いろいろ。

幾度書いたか……そして幾度書き直したか……。

「われながら同じことばかり、もうやめよう！」

と決心してやめてから、三年が経っていました。

時代もどんどん変って、身辺の事情もまったく変って、これからも変るでしょう。人様にご迷惑をかけて、多大の借金お返しできぬまま消え去るとすれば、あと、知人の皆様によって適当に配置していただくばかり、恥ずかしいことです。

ついこの間、一九九八年十一月十日に、奈良市登大路町日吉館のおかみ、田村キヨノさんが八十八歳で亡くなられたという報せを読みました。なつかしい、なつかしい日吉館……。私も四十年前から奈良、大和の取材に、何度か日吉館におせわになりました。

男とか、女とか、立場とかにとらわれないで、どなたにも心から優しく、親切なお方でした。

「奈良学研究の拠点」と多くの学者、研究者が慕われ、ご葬儀には立派な先生方が百七十人ほども参列されたそうです。

男性だとすぐお酒、でも私には、弱いからだと女であることをいつも注意して守ってくださってました。ほんとに偉いというのは、ひとりひとりの泊り客に心を尽してくださった田村キヨノ様のようなお方を言うのではないでしょうか。

やはり昔から何度もおせわになられた八十歳の男性が、おでんわで言われました。

「キヨノさんのこと祈ってるけど、あのおかみなら、ほっといてもええとこへゆくわ」

ほんとに、ほんま。

ナース讃

思いもかけない緊急入院で、いろいろのことを学びました。小さな部屋でしたが、トイレット付き。おかげでこの空間が、すっかり安息の天地となりました。

これで入院することになってもいいと医師の診断を仰いだ時、とにかく書きかけの原稿、さし迫った締切の内容など、それを手提げ袋に入れただけでした。助け手が寝巻や下着を用意して部屋までついていって私が寝る様子を見て帰ってくれました。

ベッドに起きて動かせる机部分を自分に都合よくととのえ、そこに原稿用紙を置き、予定表を見ました。北側が窓で、開けると正面に北山、なつかしい稜線が見えます。以前入院した時は東側が窓で、賀茂川の上を舞うユリカモメの群が見えましたが、今年の京は寒い春でしたから鳥の姿は無理なのでしょう。

在宅ではピンポン（玄関のベルの音）が鳴ったり、電話がかかったり、不意の客人が在ったりしますが、今回の入院はまったく人に告げなかったので、外に気が散りませんでした。よろけても、倒れても大丈夫。

ありがたいことに三食は病院食、回診のほかは何の用事もありません。下書きしていた原稿を清書したり、次はコレと思っていた内容の原稿を書いたり、書評を頼まれていた本を読んだりと、まったく集中できました。

私の病室のあった階のナース詰所には、いつも優しい白衣の女性がたがおられて、私はその方がたに深い感動をもちました。仕事によって、次つぎとかわられる方がた、どの方もにこやかです。そして真夜中でもそっと「変りはないか」見まわっていらっしゃいます。

家の庭の曙あせびが咲きだしたので、部屋に挿してもらいましたら、看護婦さんが、

「この花は何ですか」

と訊かれます。

「ふつうのあせびは白が多いですけれど、これはぴんくがかっているでしょう。あけぼのあせびと言うんですよ」

と申しますと、じっと見入ってから、静かに匂いを吸いこまれた方がありました。もう長く勤めておられる主任さんのようでした。

私は、曙あせびが大好きですけれど、今まで花の香を吸ったことがありません。そう、私もきっちり匂い吸わなければ。

花から自然に匂うものを香りだと思っていたのですね。初めて深呼吸しました。美しい色とは

ちがう、しんと厳しい匂いでした。

尿、便、検査、注射、おふろ介助、食事介助。患者は男女ともに老若、障害いろいろ、小児、弱者ばかりです。私も入浴の時は二人の方が白衣の上から仕事着を着て、いっしょにはいって洗って下さいました。

同時に入浴された女性老患者は、シャワーの椅子に坐って洗ってもらわれ、「坐・シャワー」がたのしそうでした。これは湯気が白衣の内の身体にこもる大変なお役です。

看護助手さんから婦長さんまで。困難な看護の作業は何より熱い愛の心、奉仕の愛が必要です。そして賢くなければ続けられない限りない勉強！　さらに刻々の肉体労働！　しみじみと看護の偉大さに打たれた日々でした。

「カムサハムニダ！」女人舞楽

女人舞楽《にょにんぶがく》「原笙会」の原笙子《しょうこ》さんからお電話で、嬉しいご報告をきかせてもらったのは、一九九八年十一月のはじめでした。

元気な、熱のこもったお声で、

「女人舞楽、ふるさとソウルで公演してきましたよ。元の国へ恩返ししてきましたよ！」

ということ。

「まぁ！　ソウルで……。良かったなあ、うれしいなぁ」

と、こちらもわくわく。こういううれしさなんて、どういったら良いのでしょうか。

一九七三年度の『芸術新潮』連載が『北白川日誌』として出版された本に、私の、初めて拝見した女人舞楽の記録があります。当時まだお元気だった石葭城《いしかじょう》氏が鷺森《さぎのもり》神社（京都・左京区）の宮司《ぐうじ》でいらしたのですが、その石宮司のすばらしい舞楽への傾倒が、恵まれた三人の女子、二人の男子のお子さん方に舞楽を教え、管方《かんかた》、舞人《まいひと》になれる力をつけられました。

その時拝見し、見せていただき、教えていただいたみごとな伝統衣装、その装束も石宮司自身が縫い刺繍されたとか、舞楽独特のはきもの糸鞋《しがい》の困難な手作業に息をのんだものでした。その長女でいらっしゃる原笙子さん。

父の愛を舞楽として育った笙子さんは戦後きっちりと元宮内庁楽師、豊《ぶんの》昇三氏に右舞《うまい》の基本を習い直し、やはり同じ楽師の岡正雄氏に左舞《さまい》の基本をも学んだそうです。

嫁がれて芦屋でお暮しの笙子さんは、ずっと舞楽会、女人舞楽の中心として後進を育てていらっしゃいます。お子様方ももちろん、りっぱなお弟子さんたちを誇りにして。それを理解し、守られる背の君のお力の大きいこと。

天平勝宝《てんぴょうしょうほう》四年（七五二）四月九日、東大寺の盧舎那《るしゃな》大仏の開眼法要が行われて、その時雅楽寮や諸寺の種々の礼楽が、五節《ごせち》舞・久米《くめ》舞・楯伏・踏歌・袍袴・唐の散楽《さんがく》・中楽《ちゅうがく》・古楽《こがく》・高麗楽《こまがく》・度羅楽《とらがく》・林邑楽《りんゆうがく》なども演じられたといいますから、少なくともそれまでに長年稽古され、事あるごとに演じられてきた雅楽、舞楽であったでしょう。

古代の歴史を読めば、どんなに数々の文化が朝鮮半島から、中国から、アジア各地から伝わっているか、そして多くの人の流れがあったかよくわかります。

ユネスコ音楽祭に参加して、ソウルの芸術殿堂トウォルシアターで舞われた女人舞楽。そのビラにも『女人の舞楽・古郷に帰って来る』とあり、原笙子さんはご挨拶で、

「五歳から習い、六十年になる今日まで高麗楽伴奏で舞う右方舞を専門としてきました。この素

晴らしい芸能文化を伝えて下さった元の国へのお礼と感謝をこめて舞わせていただきます。ごゆっくり、里帰りした舞楽をお楽しみ下さいませ」

そして、「カムサハムニダ！」と、涙こめて言われたんですね。観客も涙されましたと。

「カムサハムニダ！　うれしい！　ありがとう！」

胡蝶・平安の舞・納曽利《なそり》・柳花苑《りゅうかえん》・還城楽《げんじょうらく》と舞いすすみ、フィナーレには全員が並んで深くお辞儀したあと、皆が「カムサハムニダ！」と大きく手を振られた様子が目に見えるようです。

兄弟の目

一九四三年はじめに両家の母たちの庇護のおかげで婚約した木村邦夫氏のことは、人さまの前で話をするたびに語り、また、同じことを書きつづけてきましたが、一九九九年六月十七日から二十一日まで、邦夫さんの末妹である多田和子さんとともに沖縄へ行ったおかげで、邦夫さんの生家のことを正しく知っていなかったことを教えられました。

大阪市西区の阿波座《あわざ》に在ったお家は知っていますが、

「フスマ扱うたはるお店や」

と、誰かから聞いた覚えがあるだけ。小娘の私は、邦夫さんのことだけでせいいっぱいでした。

それから五十六年も経った今年の沖縄で、沖縄の友人たちが迎えて下さった席で和子さんを紹介する時、木村の家のことを「何屋さん?」と言われて、「襖張ったはると聞いた」と申しました。

大きな家で、大家族、お職人さんもたくさんいっしょに居られて、もちろんお手伝いの方も何人かいらしたけれど、邦夫さんのお母さんの小柄ながら知的な額《ひたい》をもつ賢い采配の下で働いていました。

その時は、私の紹介を黙ってきいていた和子さんがこの間初めて手紙で、それが間違っていたことを教えてくれはりました。

「阿波座の家のこと、襖縁《ふすまぶち》製造卸商〝ぬし浅〟が屋号です。京都の〝ぬし孫〟か、大阪の〝ぬし浅〟かといわれ、『どんな品物でもある』と、ふすまを張る職業の方がいっているとききました」とのこと。

それではあのお職人衆は、襖縁を造り、うるしを塗るお仕事だったのですね。漆塗の仕事がどういうものか、能登や会津の取材のおかげでわかっている今の私には、一九四五年三月十三日、立売堀《いたちぼり》のわが家と同時に米軍大空襲に焼けてしまった阿波座のお家が、改めてなつかしまれます。

邦夫さんのお兄さんはノモンハン事変第一次、第二次に参戦された方で、給水班でご苦労されたこと、以前にもお聞きしたことがありますが、ゆけどもゆけども広い野で水が無く、ほんとに困られた、「どうしようか」と思った時、遠くの方でキラリと光るモノがみえ、それが小さな沼だったとおっしゃってました。

心のこまやかな優しいお兄さんは、新京で高熱で入院、ちょうど戦死した私の兄と同じ年輩で、どんなにご苦労されたか、わかりません。

邦夫さんの弟さんが、和子さんに宛てたお手紙で大切なことが書かれていました。邦夫さんにとっては誰にも言えないことを、この弟さんに頼んでゆかれたのですね。

「何かあったら本箱（大きくて二重に書籍が入る棚）の後列を焼却して欲しいと頼んでいました。後日、後列の本を見るとマルクス系の本ばかりでした」

当時の大阪商大（現大阪市大）の邦夫さんが、はっきりと「この戦争はまちがってる」と言い切ったのも道理、真剣な勉強による民主視野だったのが裏づけられました。

兄弟の目にのこっている若き邦夫さんの姿。和子さんは小学生でしたが、「優しくて、気難しい」邦夫さんは生きているのでしょう。

キリスト者の愛

ある女性雑誌の編集者が、

「三浦綾子様に原稿をお願いしたら、あなたのことに触れた御文章を下さいました」

と言って、そのご本を下さいました。編集者のお名もご本も今はすっかり記憶にとどめず、残念なことですが、この女性のご親切がなかったら、私は『氷点』以来、感動につぐ感動で画期的な活動をなされた小説家、三浦綾子様にお近づきすることはできなかったでしょう。

三浦様は、私がいつも同じように語っている戦争のこと、一九四三年二月に婚約した時、婚約した見習士官が「こんな戦争はまちがってる。天皇陛下の為には死にたくない。君や国のためになら死ぬけれども」と真剣に話してくれたこと、だのに私は、「自分なら喜んで死ぬ」と彼に絶望的な返事をしたこと、そして彼を沖縄で戦死させた事実を、戦後くりかえし自分の加害としてきた話を、何かのインタビューで読んで下さったのでした。

「私はその一文を読んだ途端に、文字どおり目から涙が噴き出した」

と、『岡部伊都子集Ｉ』の月報に、「こころの人」と題して三浦様は書いて下さっています。

ご自分の戦争中の軍国主義教育に徹した在りかた。旭川市に生まれ、市立高女を卒業後、小学校教員を七年勤めたが、やはり「忠孝の為、喜んで死ねと教えた」ことを、敗戦後退職してずっと自責しつづけていらした方です。

私よりも一年お年上ですが、肺結核や脊椎カリエスで長い闘病生活を送られ、洗礼を受けてキリスト者となられました。

信仰に深く結ばれていらっしゃる三浦光世《みつよ》様と結婚なさった、真実の愛の生きかたを次つぎと出版されるご本で教えていただいてきました。軍国主義の日本に生まれ育った戦中の自分たちの辛い同志として、心から平和を祈りつづけたすばらしい三浦様でした。

一九九九年十月十二日、亡くなられたとのニュースに、十余年前、短い時間を作ってこの家をたずねて来て下さった綾子様と手を取り合った喜び、また、一九八九年の夏、「旭川での講演を」とお招きうけて伺った旭川のこと、駅まで迎えてくださった三浦様ご夫妻、お話のあとユーカラ織の木内綾様はじめオリーヴの会の方がたとごいっしょし、あこがれの三浦様のお宅へも伺って、お二方の執筆されるお仕事部屋を、拝見させていただいたことを思いました。いつも散歩される場所へも案内してくださったんです。

『妻と共に生きる』という三浦光世様の御著に、『氷点』書名は光世様のご命名と知りました。そして綾子様がハンセン病体験者を抱きしめられたことも……。

私は旭川駅まで送って下さったご夫妻のご様子をよく覚えています。

綾子様がトイレへゆかれた時、その婦人便所のすぐそばで、光世夫君は佇《た》って待っておられました。何が起るかわからないそのとっさの時に備えて、いつでも動けるよう充分な気くばりで佇っておられました。

日本の男性で、妻の排泄への配慮を、このように何気なく美しく静かに行動するお人があるでしょうか。ひとり者の私は羨ましく尊く、「得がたいお二方」を拝みました。

逝かれたあとも

この五月お送りした小著に対して、

「御本をいただきありがとうございます。父はこの月はじめにこけて腰を痛め休んでおります、寝床で医学書を読むなどはつづけております」

と、松田道雄先生のご息女青木佐保様からお便りをいただいた時は、せつなかった。

まだ京へ移住しないで神戸にいた四十年あまり前から、松田先生のお考え、書かれるものに励まされてきた。幼い頃からの病弱、あつかましく自分の病体を診ていただきにあがったこともある。

松田先生にご診察いただいただけで、安心していたのだろう、かえってご迷惑だったろうに、小著が生まれるたびに、お送りしていた。こちらの勝手な記憶かもしれないが、先生は必ず「ああ読んでくれはった」という思いのするお返事をくださった。

思いがけなく落合恵子、佐高信両氏と、岩波書店の高林寛子さんが選んでくださった『岡部伊都子集』五巻が、一九九六年四月から月一冊ずつ出版された時、最後に「花明りゆらめく」と題した一文を書き足した。その中に、

『図書』（一九九六年五月号）で、松田道雄先生の『お医者はわかってくれない』を読んだ。このことについて考えている人は多いにちがいない。すでに介護地獄。痴呆《ちほう》症一二〇万を越えたといわれて、切迫した内容だ。名医なればこそ書けた内容だと思う」

と記したのを、お送りした第五巻の到着後、

「最近の文章に触れてくれてありがとう」

と、おハガキ。それこそ先生が、そこまでお目通しくださったのかと驚き、恐縮したことを思いだす。


神戸からご診察を仰ぎに伺った時も、京都の北白川時代に、自分のあまりにも情けない状況に途方に暮れてご診察いただいた時も、同じ内容のことをおっしゃっていた。


私の理解がまちがっているかもしれないけれど、松田先生は、

「自分の身体は、自分がいちばんよく知っているはずだ。あまり神経をとがらせないで、自然な形で、身体を守るのがいい」

と言われた。


骨が歪《ゆが》んで、神戸でも、京都でも、コルセットにしめつけられてよく病院へ通ったもの。周辺の人びとは、

「手術すると、かえってうまくゆくかもしれない。手術するならあの病院がいい、この病院がい

い」

と親切にアドバイスしてくださったけれど、私は「手術」の決断がつかなかった。弱い、もろい、しんどい自分の身体とのつき合い。自然に近い方法で、身体からの発信に細心の注意をくばって、書きつづけて暮してきた。

けれど、松田先生は、必ず必ず大切なことを教えつづけてくださった。それは志。

「たとえ身体に悪いことでも、それでもあえて行動しなければならない場合があるよ。自分の志を生かすためには、健康に良くなくても積極的に仕事をすればいいと思う」

と。

一九九八年六月一日、八十九歳で逝かれた松田道雄先生、逝かれたあとも、次つぎとご意見ききたいことばかり続きます。

なつかしい声

久しぶりに高橋和巳全エッセイ集『孤立無援の思想』（河出書房新社）をとりだしてみました。道浦母都子《もとこ》さんとの対談で、道浦さんの『無援の抒情《じょじょう》』に重なる『孤立無援の思想』を思ったからですが、あの、一九六〇年からの大学闘争に一喜一憂しながら、病弱、無学歴、一市民の私は結局、何もできないまま見守っていたのでした。

本の扉には一九七一年五月三日、三十九歳で亡くなった高橋和巳氏の「質素な告別」の新聞記事を切りぬいてはさんでいました。

文壇、学園の教授をはじめ長髪、ミニスカート。『憂鬱なる党派』や『悲の器』『邪宗門』など数え切れぬ大作を綴られた和巳氏は「宗教は容認するけれども、自らは信じない」との信念に、バッハの重々しいオルガン前奏曲で、約二千人が、献花するお別れ会だったようです。

高橋和巳氏とは、『悲の器』の重厚さに驚いた翌年、大阪文学学校の講演会で初めてお逢いした大江健三郎氏が、そばへこられた高橋和巳氏を「この人が高橋さんです」と紹介してくださいました。美しい二氏の印象に、思想と行動とが結ばれ花ひらく文化を目のあたりにする思いでした。

夫人高橋たか子さんの情感の豊かさ、りりしい姿勢も忘れられません。ご夫妻が、鎌倉へ住まわれるようになったあと、私は取材で鎌倉へゆく機会があり、連絡して、お宅へまいりました。あんな穏やかなお二方、お手料理をごちそうになったなつかしい思い出、お庭の安らぎもすべて、微笑の刻でした。

和巳氏は中国文学者。今こそ膝つき合わせて難解だった中国の思想や学問、人間詩を話しつづけてもらいたい気持ちがいっぱいです。

魯迅の「野草」に触れて、「詩人魯迅」のすがたに「時代の制約」に絶えず訣別の辞をなげつづける文学の可能性を指摘されます。

小著『古都ひとり』が出た時、「休火山、表面静かな休火山だが、いつ爆発するかもしれないどろどろの溶岩が熱くいっぱいにつまっているのを感じる」というお便りをいただき、それから数年たって、思いがけなくも、

『古都ひとり』を対話の会で合評するから出席しなさい」

と、当時住んでいた北白川の家まで高橋氏が迎えに来てくださいました。

円山公園の中での対話の会に伺って、今もお元気に活躍されている村井英雄氏（『書誌的・高橋和巳』著者）などのお友だちともども、自由な感想を言い合われるのをきかせてもらいました。

一字の題で構成された十二の項のうち、和巳氏が「好き」と選ばれたのは「咒《じゅ》・幻《げん》・闇《あん》」の三

文字でした。

『孤立無援の思想』一項の末尾に、

「これも拒絶し、あれも拒絶し、そのあげくのはて徒手空拳《としゅくうけん》、孤立無援の自己自身が残るだけにせよ、私はその孤立無援の立場を固執する」

と、あります。

それこそが、抒情も思想も、自由な個、真に「明るい」孤なのではないでしょうか。

屈服しない美

音楽の好きな徐俊植《ソジュンシク》氏が、ソウルの大学で人権映画祭を開催されたことで、またしても投獄と知りました。

尊敬する朴菖熙《パクチャンヒ》先生をはじめ、良心囚とされ苦しまれている方がたを思うと、韓国の非道な「国家保安法」の原点が、日本の強制併合時代酷悪をふるった治安維持法であるのに、うめかざるを得ません。

『獄中十九年』（岩波新書）の著者徐勝《ソスン》氏、『自生への情熱』（影書房）の著者徐俊植氏、『長くきびしい道のり』（影書房）の著者徐京植《ソキョンシク》氏ご兄弟は、他にもたくさんの本を出しておられます。ぜひ読んで、そのお人柄に触れて下さい。

そして『朝をみることなく』（現代教養文庫）に描かれたご兄弟のオモニ、畏敬する呉己順《オギスン》さんの人間愛。一九八〇年五月二十日、わが子の出獄を待ち続け、面会に通われたが、ついに抱き合われぬまま亡くなってしまわれたオモニ。

われわれ民衆のひとりひとりが自由なはずの個性を人間的に美しくできないでいる場合の多い

差別社会、私は、

「息子たちはまちがっていない、転向せよとは、よう言いません」

と、愛息を信じ通されたオモニ、その信頼にまっすぐ価された非転向の勝・俊植ご兄弟と、その間、家族の中心となって支えられた末弟京植氏のすばらしいお力。それこそ身をもって「人権とは何か」を体験されたご兄弟に学びます。

「人権運動サランバン」を創って代表となられた徐俊植氏は、韓国民衆の解放と理想の統一を求めていらっしゃるのです。もうお子さまも大きくなられたでしょう。上のポスル嬢さんの二つか三つの時、

——ポスル、父さんの心がよくわかる賢いポスル。／人びとの生きる希望になっておくれ。／最も小さなものにも喜びを見いだす人、だから最も大きなものにも屈服しない人になっておくれ。／人間の熱い心を嘲笑《あざけ》らない人になって……

と、よびかけていらっしゃいます。美しい魂を守りたい。尊い人びとに一日も早く自由を！

点滴……に歌う

三十年来、お世話になってきた内科の先生が、八十歳で突然亡くなられた時、何につけても信頼して助けていただいていた私は、すっかり途方に暮れました。

肝炎で入院、退院はしたものの、点滴、安静でずっと療養をつづけていたからです。さあ、これから……また病院というのも遠くて、時間がかかって、どうしましょうと悩んでいましたら、お近くの女医先生が、「手のあいた時、点滴してあげますよ」と、言って下さいました。

ありがたいことです。同年輩、同性。ある会社の診療所にお勤めですが、帰宅されての時間は、近所や知人、友人にひらかれています。診療を受け、検査をしていただき、適切な治療を受けさせてもらう先生のお人柄は、多くの人びとの尊敬のまと。

すっかり安堵して、点滴をしていただきに伺っています。今ではもう週に二回していただくだけで、ふだん仕事に追われているからでしょうか、一時間半ほどかかる点滴の間、いつも、ぐっすり眠ってしまいます。

先生のそば、そして家にいるときのように電話や用事に出なくていいのですもの。ときどき、

「極楽やなぁ」と思います。

ところが、この間、思いがけないハプニングがありました。

一時間は点滴の管をはずせないので、お小用に困らないよう注意していたのですが、家からではなく、外出からの帰りに寄せてもらったところ、まだ、たくさん液が残っていますのに、もうトイレへゆきたくなりました。

年のせいもあるでしょう。その日の、その時の状態は本人の希望とはくいちがって、まぁ困った。自分では何ともよう処置しませんので、「先生！」と呼びました。

ところが、この日はほかに人気《ひとけ》が無く、先生もいらっしゃらないみたい。がまんしてすむことではないので、「先生！　先生！」と声高く、はしたなく叫びましたが、誰も来て下さらない。

どうやら先生は二階にいらっしゃるみたいで。

「センセーイ！　センセーイ！」ありたけの声をはりあげているうちに、

「そうだ、めったにこんな大声はりあげられないもの、歌っちゃお」

気楽にも、大好きな若山牧水の歌、小関裕而作曲の「白鳥《しらとり》の歌」だの、オペラ「お蝶夫人」の「或る晴れた日に」だの、少女の頃から歌っていた思い出の歌を、次つぎに声いっぱいに遠慮なく歌っていました。「早く気がついて下さるように」念じながら。

先生が降りてきて下さって、無事、ゴールイン。よかった……。

インドの握手

人の記憶というのは、その時、忘却したり、また思い出されたりで、さっぱり「これが正しい」と安心できることがありません。私自身、自分の記憶があまり信じられないのですが、脳の記憶ではなくて、てのひらの記憶といいますか、体の皮膚感覚と申しますか、優しくて、あたたかくて、いいなぁと思い出すことがあります。つらいところ、痛むところを、母は大きなてのひらでさすったり、そこへ手をあてて、じっとぬくめたりしてくれました。てのひらという優しい触れ合いが、つきせぬつらさを吸いとってくれるのです。

昔、知らない人と握手するのが気持わるくて「握手嫌いの女の子」でしたが、今は世界に、どんな立場のお人がいらっしゃるか、わからない。手を取り合うこと、具体的な握手ひとつでも、心うれしく微笑することがあります。

ひとつにはどんどん年齢を重ねて、昔は年齢、そして性差、立場のちがい、などで、緊張したり抑制したり自ら禁じたりしていましたが、もう老年になると解放されます。

「したくないことを無理にする」気は今でも起こりませんが、「同じするのなら喜んで気持よく行動したい」のです。おかげで、高年の解放、人間としての自由を、幼い人、若い人、壮年者、同年者、男性、女性にかかわらず、出会ううれしさを大切に、自分のてのひらで、その方をそっとぬくめている気分。子をもたない私のぜいたくな喜びです。

この間、久しぶりに来て下さった山科一灯園の相大《あい》二郎先生が、インドへ若い学生さんたちと行って、駅のトイレットを掃除する奉仕をなさったお話をされました。

ご存じのように、子どもの頃から「争うのはいやだ、奪うのはいやだ」と悩まれた西田天香《てんこう》氏の「無所有、下座」の教えを慕って、掃除奉仕が今も続けられている園です。

インドで奉仕掃除をしていると、黒い皮膚の人がとんできて、やめさせようとしましたと。それでも園の一行は、ていねいに仕事を続けて、美しく掃除完成。

遠くから、近くから、見守っていた民衆が思わず拍手したのでしょう。

カーストきびしいインドの風習に、緊張してやめさせよう、道具をとりあげようとした黒い皮膚の男性と、すっかりきれいになったあと、相先生が手を握られ、言葉のわからない同士の心からの挨拶をされた時、きっと、てのひらを通じての思いをよく感じたことでしょう。

「どこまでも色の黒いその男性のてのひらだけが、ただ真っ白でした。どんな高貴な人の握手より尊いあの握手を忘れません」

そうおっしゃる相先生でした。

ラジウムの力

全国お茶まつりという催しがあったのですね。そういわれればいつの年か、私も見せてもらったことがあるようです。

一九九八年の秋には「第五十二回」が、京で九年ぶり、七回目が、催されます。お茶の生産地はもとより、各地ではどんなお茶でどのような日々を過ごすのかを知る、この「お茶まつり」では、お茶の接待や、そのおいしい飲み方教室、新茶キャンペーンや作文コンクール……。私たち日本人は地道なお茶の力に大きな影響を受けている者ばかりですが、さて自ら問い直してみますと、まだまだ深みに達しないわが「こころ表現」に思い当たります。

「江戸時代から続く茶商の四男として金沢市に生まれ、京都大文学部を卒業、立命館大教授をつとめたが、学園紛争時に実力行使に反対して辞職した」（『京都新聞』一九九八年二月十二日）

なつかしい、優しい林屋辰三郎先生が、二月十一日昼ごろ、亡くなってしまわれました。そう、私はそのころ北白川に住んでいました。町が学生街でもあり、京都大学、立命館大学その他先生がたのご近所でもありましたから、先生がたがやめてゆかれる状況の中に、私はいたのでした。

学生闘争を武装警官に鎮圧させることに反対の先生がたは、筋の通った、そして民衆の側に立たれる威張られない方がたばかりでした。

林屋先生は晴れ立つのがお嫌いとか、ほとんどテレビにはお出にならなかったようですが、その後、京都大学人文研究所教授、つづいて所長となられ、京都国立博物館館長、さらに書き切れない学問、ご研究の巨大な山脈があります。

私がはじめて、

「ああ、日本の男性のなかにも、女性を人間として大切に見、考える人びとが存在しているのだ」と思ったのは、京都へ来て間もないころの、『朝日新聞』女性欄に連載された『紅と紺と』の記事でした。

あの『紅と紺と』の連載によって、林屋辰三郎、上田正昭、高取正男、赤井達郎、村井康彦、衣笠安喜《きぬがさ》といった方がたが討論され、展開された女性への姿勢を信じるようになったのです。「日本女性史」といっても、それまではどうしても男性主在の「男のための女」、真の「女性の人間解放」を願う史論は難しかったのですが、林屋先生は、民衆史、民俗学、それまでまともに学問とされていなかった「芸能史」や「地方史」、「部落史」を、大切な視点とされました。

代々の茶商であった林屋家で茶の香りのなかに育まれた男の子が、「女性はえにしの糸の持ち主である」といわれました。

紅も、紺も、糸篇《いとへん》。紺は労働の色ですが、紅は工《たくみ》、技術のえにし。先生は、昔からずっと女性たちが、自分のもつ力を家の中でも外でも発揮してきたことを、『ラジウム』の機能と力を発揮し続けてきた」というふうにおっしゃっていました。

お茶自体は、限りない「ラジウムの実力」をもつそんざい。このお茶への実感、尊敬あればこそ、美しい京盆地の現実のなかに、どん底に苦しめられた者たちの力を尊び、「人権」の視点とされたのではないでしょうか。

追悼は尽きません。

愛《かな》しき気品

みごとな琉舞せかいの華。

高嶺《たかみね》久枝様が、「かなの会」を出発されます由。

戦前はもちろんのこと、一九七二年までは、教育界もジャーナリズムも、沖縄の歴史や文化にほとんど触れず、われわれ一般民衆に琉球王国の美を教えてくれなかった大和《やまとう》の在りかた。私は一九六八年四月、初めて船で沖縄本島に降りたった時の、全身的衝撃を思いだします。

なんと麗しい風光か、なんとせつない音曲か、なんと優しい情愛の人びとが熱いまなざしで迎えてくださったことでしょう。

生まれて初めて見せてもらった琉球芝居。琉歌、組踊、雑踊など、何も飾らない舞台へすっとあらわれて人間の喜び哀しみをきわめて心酔わせてくださった琉舞の、斜め足決まる小休止のかたちの表現、舞台の袖から出て、また袖へはいってゆくだけの舞台に、気品を感じました。

一九九八年四月十二日、たった二泊の沖縄で、その日はもう京都へ帰らなければならない日でした。ところが、思いがけなく詩人高良勉《たからべん》氏が、お宅へ招いてくださったのです。

南風原《はえばる》。惨たる戦争に胸いたむ土地。

細やかな配慮に造られたすがすがしいお宅の階段をのぼってゆくと、高嶺久枝師匠お舞いの空間でした。もうちゃんと装いをととのえて、一行の到着を待っていて下さったのです。

こんな、贅沢《ぜいたく》なひとときがいただけるとは、予想していませんでした。弱い私を椅子に坐らせて、みんなが落ち着いた頃、伴奏がはじまりました。

何とも清らかな久枝師匠の動き、白足袋のひと足ひと足に、目が吸いつけられました。清らかなお瞳《め》の、よく物語りよく澄んでいること。まっすぐにそのお瞳《め》を見つめて、その「気」をいただきました。私は鮮烈な感覚と批判精神するどい詩人高良勉氏が、夫人、かがやく久枝師匠に逢わせて下さったお心くばりに感動しました。

まっすぐな、きびしい神への敬意、大自然への礼節を舞われた「初穂」の気高さ。

昔、『岩波古語辞典』をひいて、「かな・し」に「愛し・悲し」とあるのを見ました。自分の力ではとても及ばないと感じる切なさをいうのですって。私は「愛」という字を「いとし」とか「めぐし」とかではなくて、「かなし」と言うのがいちばん、心に近いのです。

その「かなの会」の御主、久枝師匠の魂《まぶい》。多くの方がたの魂《まぶい》を、どこまでも深く、どこまでも広く抱きしめてくださいませ。

ありがとうございます。

眼の見えない民

もう二十年ほど前、沖縄の那覇で、ひとり旅の夜の机で手紙を書いていたら、急にもやもやと眼に霞がかかった。そしてたちまち見えなくなった。以前から家の階段を落ちるくらい見えなくなることもあったので、いつかは失明！　と覚悟していた。

その夜はすぐタオルをしぼって目を湿布して眠った。弱い自分とのつき合いに慣れているから、すぐに眠れた。

翌朝目が醒めると、視力がある。すぐ旅を切りあげて帰宅した。NHKの福田雅子さんが大阪大学の眼科へ連れていって、名医に診察を頼んでくださった。

私は「すぐ入院して手術」と思っていたが、その先生はていねいに調べてから、本当に気の毒そうに言われた。「気の毒だが、眼科ではどうもできません。どこにも異状はありません」……。眼、視神経が弱い。自分の体調次第で予想もできない転変がおこる。思春期にすでに黒眼鏡で女学校へ通学しなければならなかった女の子は、今日までさまざまな異変を体験しているので、今更あわてない。

長崎大学名誉教授、原水禁代表の岩松繁俊先生は、あの戦争の無念痛哭を「弾痕」というお歌十五首として、送ってきてくださった。

原子野の白き骨よりなほ多き白骨折れて埋もれぬ広野に
蛮行のきわみの罪を教へざるくにの恥をば知らぬ子らはも

あの非道な戦争の時、私は他国への侵攻を当然と教えられた。どんなに多くの日本人が死んだか、また朝鮮民族、中国や東南アジアで、どんなに多くの他国人を殺したか……、その自分の加害を思うと、敗戦後の教育はいい気な、あいまい教育だ。
お歌の中で、自分の眼に重ねて、はっとした一首があった。

民の字は奴隷の眼に矢を刺せし悲惨の意とぞ知るは悲しき

藤堂《とうどう》明保先生の漢文の講義で「民」の字の語源をきいて驚き、諸橋轍次《もろはしてつじ》先生の辞典で確認された由。
「金石文時代、眼の片方を針でつぶして、はっきり見えないようにして支配しやすくした」

ということ。岩松先生は、

「服属させる民の眼への惨虐を実感して、矢と表現した」

と、おっしゃっていた。

眼の見えない民、まさに私だ。

ずうっと虫の視野で

「あんたは、啓蟄《けいちつ》に生まれてきた子ォやで、朝の五時ごろやったと思うわ。もうあかん、もうあかんとおもてるのに、よう生きてきたなあ」

夜中、ふと亡き母の声がきこえてくる。「啓蟄」なんて、むつかしいこと。私自身は、なぜに、その時、生まれてくる羽目になったのか、それはわからない。

冬の間は、土中にひそんで生き耐えていた冬ごもりの虫たちが、春の気配にうながされて土の上にはい出てくる啓蟄の季節。

この間、啓蟄と同じく「二十四節気の一」とされる「雨水」が過ぎ、時折きびしく凍って見える庭の面に、

「もうお土のなかは和らいでいますか、虫さん、啓蟄の用意で忙しいでしょう」

などとよびかけていた。虫の通り出たあとの小さな穴が「あ、ここにも、あそこにも」

私もずうっと土の上を、もごもごとたどる虫仲間。病気ばかりで否応《いやおう》もない虫だが、それが自分なのだ。この土からの視野を大切にして、他の美しい華々しい存在をうらやまない。もちろん

あこがれる、心から賛美しているが。

一方で「なぜ、こんな」と、共に悲しみ憤らずにはいられない、つらい状態の方がたもある。

とくに私が母国とする日本のため、苦痛を強いられた方がたへの思いは、何重にもせつない。

少女期、私は母をいじめた。この世がいやで、

「お母ちゃん、なんで私なんか産んだの。私を産まなかったら私はこんなに苦しまないですんだのに……」

と、母を責めた。気の毒に。

考えてみれば、「なぜ、どうして、ここへ生まれたか」わからないのは、母も父も兄姉も、どなたさまも人類みな同じなのに。

母は、うつうつする私の顔を見て、

「あ、また死にたい顔したはりまんな」

と、おどけてみせた。私も笑って、泣いた。

私は全盲の先生に、二十五年も治療していただいている。いろいろ学んだ。

一九九八年末に、パリで開かれたロン・ティボー国際音楽コンクールのピアノ部門で二位に入賞された全盲のピアニスト梯《かけはし》剛之《たけし》さん（21）のみごとな演奏（TV）。

そのうるわしい音をたたえたところ、

「日本の音楽関係では全盲演奏者の勉強を受け入れない場合が多いのだ」

と教えられた。

梯さんも日本をあきらめて、一九九〇年にウィーン国立大学に留学、ずっとウィーン郊外にお住まいだという。

生後十カ月で小児がんのために失明、四歳半でピアノに親しみ、レッスンを受けることができたのは何より何より、梯さんのお母さまが、剛之少年の可能性を尊敬して、ともにピアノにむかう練習や暗譜など力いっぱいの協力をされたからだ。その努力を家族の愛が支えた。

老若男女を問わず、ハンディを超える努力を互いに尊敬したい。

兄の記憶

ずいぶん展覧会を観せてもらった記憶があるのですけれど、そしてフランス野獣派を代表する、ルオーの展覧会ももちろん拝見したと思うのですが、ＮＨＫの「新日曜美術館」で「初めて」視たルオー作品がありました。

ミセレーレ銅版画というのですって。版画一点一点に「ルオー神の光を求めている二〇世紀最大の宗教画家がとらえた〝光〟」といって、中山公男、小川国夫両氏が、絶望から光を表現されたルオーの魂を語ってくださいました。晩年に近づくにつれて、ルオーの描く人の顔は、私にはキリストのように思われてならないのです。道化師のピエロまでが、悟りをひらいたキリストのお顔で、信仰に遠いわが迷妄、途方に暮れる思いでした。

その展示作品のなかで、私をはっとさせたのは「軍帽《ぐんぼう》をきた骸骨」の姿でした。

軍帽を着ている骸骨は、一九四二年一月十日「未帰還」ということで、二度と逢えなくなったすぐ上の兄、博をはじめ、私の身辺にも数え切れない存在があります。

操縦者、偵察者ひとりずつ乗る偵察機は、いつ、どこで、どういうことで連絡が途絶えるのか、わかりません。

ルオーは、第一次世界大戦の悲惨に、戦争をしてはならぬ……とこの一連の怒り、軍帽をきた骸骨を描いたのでしょうけれど、人間の不幸は第二次大戦も、また今日の世界各地の人種、宗教の対立憎悪がつづいています。私の兄は生真面目《きまじめ》な賢い人でしたが、当時の軍国教育、兄のいた軍隊はどうなっていたでしょうか。

一九四一年十二月八日の宣戦布告。

その次の年の一月十日に、町内会から家へでんわがはいって「未帰還」が告げられたんです。もう「未帰還」ということは、亡くなっているにひとしいことでした。いつ真実がわかることでしょうか。母は「博さん、博さん」と名をよんでいました。

ぽつぽつ同期の友人からお便りがきたりして、マレー半島スンゲイパタニ・アイルベンバンという土地に墜落した（英機数機に打ち落とされた）のが、日本の歩兵隊に発見されたと伝えられました。シンガポールを偵察に行った帰りということで、一月十日から三月十五日の発見まで、そのままになっていたんです。

暑い土地でのことで、行儀のいい兄のこと、軍帽はきちんとかむっていたと思うのですが、ひと目見たい兄でした。軍刀の銘からノート・メモまですべて、そろって残っていたとのことですが、日本軍への恐怖がひどかった時代のこと、私には軍帽をきた骸骨しか、思い浮かびません。

毎日放送の西村秀樹氏から、「今、東史郎さんと香港に来ています」と、今日おハガキが来たところです。ご存じ、人は黙したがる真実を語りつづけられる勇気の人、東史郎氏。私もシンガポールや香港を訪れ、日本人が苦しめた地元の人びとの労苦を偲びたいと思ってきたのですが、身体虚弱の上、さてとなるとその勇気がなくなって居すくんでしまい、まいれませんでした。

「東さんが香港の若い高校生や、学生を相手に、戦争の実相、日本人の悔い改めを話され、とても感銘深いものでした。これから日本と中国の関係を、日本人がどうやって作ってゆくのか、本当に大きな問題だと思っています」

と、西村秀樹さん。

その不夜城のような香港絵葉書にも、せつなくて何とも言葉がありません。朝鮮半島の北にたつ西村氏の名ルポルタージュにも、いのちがかかっています。

もう、目も見えず、耳もきこえず、意図的には何もできない人間になりましたが、先日何気なく入れたテレビから「三大テノール」東京での公演の様子が流れてきました。音楽は人のこころ。こんな夢の競演が可能だった……なんて、すばらしいことですね。カレーラス、ドミンゴ、パバロッティ……。実際に会場へゆかれた方は、よかったですね。でも、私もつたない耳ながら、すぐれた「三大テノール」のお声をきけて、ほんとうに良かったと思います。

その場に居れば、かえってわからなかったかもしれないのです。この三人は、さすがのうるわしいお声。そのお声は、ほとんど同質で、次つぎと一節ずつ歌われると、同じお人かと思われるほどでした。

でも、個性の力があります。つまり、その曲をどう感じ、どう表現したいと思っているお人かどうか、「音楽は人のこころ」のこころがその人によって歌余韻を変えていました。その少し、ほんの少しの差異に、その人の魂を感じて、納得したことです。

うれしかったのは、三者が合唱された曲のなかに、「アマポーラ」がはいっていたことでした。「アマポーラ、アマポーラ……」と、亡き兄と何度合唱した少女だったでしょう。

まだ、「軍帽をきた骸骨」のルオー作品と出会ってはいない前でしたが、「兄ちゃん」とよびました。兄ちゃんも歌おうって。

平和の礎の魂

じつに美しい沖縄本島の最南端、摩文仁《まぶに》の丘に造られた平和の礎《いしじ》。平和祈念公園にまいりました この一九九九年六月二十日は、雨が降っていました。私の婚約した木村邦夫氏は、沖縄の首里戦で両脚を米軍艦砲でふっとばされ、すぐに自決したと教えられているのです。

戦死公報もあって、当然、礎に名が刻まれていると思ってたずねていった一九九六年には、同行者や沖縄の友人たちが探して下さったのに、木村邦夫の名がありませんでした。それで邦夫氏の妹、多田和子さんから、刻銘を頼んでもらいました。

今度は和子さんもいっしょに行って、追加刻銘のなかに在る木村邦夫の名を、雨に濡れながら白布で拭きました。

「こんな戦争はまちがっている。戦争で死ぬのはいやだ。天皇陛下のおん為になんか死ぬのはいやだ。君やら国の為にならし喜んで死ぬけれども」

と言われた言葉だけ、しっかりと心に刻んでいます。

でも皇民教育で軍国乙女だった私は、学徒出陣で見習士官となった彼が、どんなに民衆側にたつ、平等・非戦の愛を抱く人であったのか、いまさらに思って、刻まれた彼の名を拭きながら、涙せずにはいられませんでした。

現在刻まれている二十余万人の名のほかに、多くの刻まれないままのお名があるでしょう。道の下、基地の下、海の底にうめく骨の礎がおびただしい魂の無念を訴えています。また、強制連行で否応なく軍夫や、慰安婦とされた朝鮮民族の憤りを思いますと、その遺族が、こんな刻銘は恥辱だと拒まれた方もあったのは当然でしょう。

刻むという意味、その作業、その願い。

沖縄は日本のために非道な戦争に蹂躙されました。反戦・平和のために闘わずにはいられない民衆の気があふれています。

犠牲を平和の礎として、真の平和を刻みたいのです。

秀子先生の声

碓氷峠から入っても、木曽路から入っても信州の空気は、そこに入っただけで、いっぺんにわかります。こんなありがたいものはないのです。都会の汚れた大気の中の暮しが、ここで蘇生するのは、信州なればこそです。……

その信州の佐久平に生まれられた丸岡秀子先生が、どんなに信濃を大切に愛していらっしゃったか、この省略引用させてもらった一文からでも、よくわかります。

農村問題と教育問題とは、ともに生命を育てる大切な作業……

ああ、丸岡秀子先生は徹底して人間全体を教育して下さる大教育者でした。根源的な空気の清澄と、お土からいただいて生きる稔りと労働、幼い魂、若人の魂が世界へ未来を創りだす基礎の教育、つつましい暮し。

農村での激しい苦しい生活を、全国各地をめぐって調べられ、そこには女性の問題が否応なく重なるとして、とことん人間らしく在る社会をめざされた秀子先生のお志こそ、昔も今も、そして未来も確かな現実でなくてはならない願いです。

一九七一年秋、沖縄についての対談をさせていただいたのが、直接にお目にかかれた最初でした。秀子先生も沖縄へ行って実情を深く見極めて沖縄の人びとを励まされました。

秀子先生、二〇〇〇年五月の今日も、まだ日米安全保障条約を存続させたまま、米国支配の大和《やまとう》政府は、沖縄に巨大な米軍基地を置かせたままなんです。私は日本が独立しているなんて思えませんが、先生もきっと、私の思いを理解して下さると思います。

秀子先生、また総選挙です。恐ろしい新ガイドライン法、盗聴法、日の丸・君が代法案が、審議もろくろくしないで次つぎと可決成立している国会。この国民への無礼を、どうしましょう。

先生は、

「政治についての勉強を、ふだんの暮しの中で欠かさずつづけ、選挙に際してものをいう道を進むよう、もちろん棄権など、とうていできない」

と、「〃嘆き〃を集めよう」に書かれています。

優しく繊細で、毅然として闘いぬかれた先生なればこその御声。『丸岡秀子評論集』や『ひとすじの道』『いのち、韻《ひびき》あり』を何度読ませていただいたことでしょう。「〃テレビ捕虜〃からの脱出」「農村婦人と学習」その他、共感、感動することばっかり。

心から尊敬する丸岡秀子先生が、ただ今の日本、世界、宇宙のすべてに、ずっと憤りの矢を放っていらっしゃることでしょう。ぜひとも男女同権、平等を真剣な理想とされた先生の歩かれた行動を、私も、皆さんといっしょに歩きたいのです。

八月に

八月に

一九四五年、八月十五日の正午、まったく予想もしなかった内容の放送がありました。三月十三日から十四日にかけての大阪第一回空襲で、本拠は全滅。母の喀血《かっけつ》に気をつかいながら、私と母が療養していました泉北郡伽羅橋《きゃらばし》の仮寓《かぐう》へ父も来て、キーン、キーン、B29の通るぶきみな音、そして各地の火の手。もう起きているのか眠っているのかわからない日々でしたが。よく意味のわからない放送でした。そしてその放送のあとは、ラジオの放送の調子がすっかりかわりました。それまでは愛国行進曲などの勇ましい戦意昂揚歌でしたが、しーんと静かな放送になりました。

午前中、庭で壕を掘っていた父は「もう要らんやろ」と、作業をやめました。母は、戦死した兄に灯明をあげつづけていました。

兄の戦死後、小学校で一学年上だった男の子が見習士官になって大阪の家へたずねてくれるようになり、私は、まっすぐな気性のその人を慕っていました。その人、木村邦夫のお母さんと、わが母とが相談して、「他の人と婚約しない」約束の婚約をさせてくれました。

はじめて二人だけになった私の部屋で、彼は、

「この戦争はまちがってる。こんな戦争で死にたくない。天皇陛下のおんために死にたくない。君やら国のためになら死ぬけれど」

と言いました。私は生まれて以来この時まで、こんな内容の言葉を聞いたことがありませんでした。「戦争は、聖戦」でしたから。「喜んで死ぬのが愛国者だ」と教えられていましたから。

三月の空襲でその人の家も焼けてしまいましたし、彼が配属されていた沖縄へ米軍が上陸、すさまじい地上戦で美しい沖縄全島、廃墟になってしまったとは、「大本営発表」当時、真実がわかりませんでした。

従妹といっしょに浜へ出ました。高師浜《たかしのはま》から羽衣の方までずっと続いている防潮堤に腰をおろして、海を見ていました。

「邦夫さんは、今どこにいはるのやろか。無事やろか」

いつのまにか堤にはたくさんの人が坐って、海を見ていました。まったく話し声の聞こえない静けさ、誰も何も言わず、自分のそれぞれの思いに沈んで言葉が無いのです。

しーん、しーん、しーん。

あんな無音の静寂を、それまでも、それからも体験したことがありません。

海はどこまでもつづくのに、そして折から満月が空を領していましたのに、未来は何にも見え

ません。

ただ虚空にみちみちていた「死ね！」という矢のようなかけ声は消えていました。「生きていてもよくなった日」のふしぎな気分、言葉無き静寂の生とは。虚脱の生。

敗戦後、半年ほどして木村のお母さんが見せに来て下さった公報には、

「陸軍少尉木村邦夫様には二十年五月三十一日沖縄本島島尻郡津嘉山に於て戦死」

と、ありました。

首里戦の砲撃で両脚を奪われ、自決したと一九六八年四月、教えられました。

しきた盆のせかい

初めて竹富島《たけとみじま》を訪れたのは、一九六八年の四月ですから、何と、もう三十年以上も昔になってしまいました。

それまで島という言葉で連想する島は、山型でした。「しきた盆《ぶん》」、その、平面のお盆のような、そしてすべてが繊細な美しさでかがやいている島とお近づきになるとは、想像したこともない成りゆきでした。

船着き場から人家の見えてくる集落までの道の、静かだったこと、清らかだったこと。緑したたる林、咲きこぼれている花、蝶や鳥や風。

青緑に透き通っている海を渡って、澄み切った空気を吸って、白い珊瑚《さんご》砂の道を歩くのは、すでに汚濁に苦しんでいる土地からの旅人として、まるで夢の中を歩いているようでした。

鶏の声、豚の声、山羊の声、牛の声。

「まァ……」

とよろこぶと、島の人びとは、

「なぜそんなことをいまさら言うのか」

と、きょとんとなさっていました。当たり前のことじゃないか。これがずうっと繰りかえされている日常のことなのだよと。

こういう島から、皆出ていっておしまいになる。それはもったいないなあ。こんな島がふるさとであるお人は、うらやましいなあ。ことこと歩きながら、初めて来た島なのに、「帰ってきたい土地」という思いにかられていました。

あの頃は、道も今より狭かったし、石垣も草かずらをひいた古い趣きがありました。赤瓦の民家の中には、くずれかかった廃屋も散見され、余韻を曳《ひ》く雰囲気でした。

道を歩いていると、次つぎと機《はた》の音がきこえてきて、家族の留守をまもるお独り住まいのおばあちゃまたちが、胸をはって、きちんと仕事をしていらっしゃいました。

「お独りで……」

と心配すると、

「機があるから、さびしくないよ」

って。そして、じつに立派な織り物が生まれてくるんです。人生を織るというか、歴史を織るというか、魂を織るというべきでしょうか。

たしかに、胸いたむ人頭税《じんとうぜい》の不幸は、長く八重山《やえやま》の島々を苦しめてきました。この、最初の蔵元《くらもと》が置かれた竹富島は、他島とはすこし事情がちがっていたようですが、やはり税のために海を渡って田作りし、税のために織り、自然の中から直接の糧《かて》と、手仕事の材料とを得て、努力しつづけ働きつづけてこられました。

浜辺から砂を運んで民家の庭や、家並みの道にしくといった感覚は、どこから来たのでしょうか、どんなに強い雨が降っても、さあっと水がひいていいました。

それに、「ハブがいるから白い砂をひいておくと、それがすぐわかっていいんだよ。月夜なんか、月光に砂が白く反射して、夜でもよくわかるしね」とも。

同じような一番座《いちばんざ》二番座《にばんざ》をもつお家の造り、あの種子取祭《たねどりさい》の夜、巻唄《まきうた》をうたいながら一軒一軒の屋敷内にはいって踊るたのしさに、胸がいっぱいでした。こんな親しい祭り、民家を祝福してまわる互いのよろこびを、わたくしはそれまで知りませんでしたから。

当時、いただいたり、求めることができたりした物は、ていねいな仕事に土着の誇りがこもっていました。花染《はなずみ》は誰、ミンサーは誰などと、特にすぐれた作り手は、皆の誇りとして紹介されたものです。

自家栽培の野菜、海へ舟をだして魚をとり、海藻や貝をたっぷりと使った新鮮な食膳に、「現金収入のある都会生活だといわれるけれど、その都会で、こんなに安心な新しい食べものをたっぷり食べるなんて、とてもできない。いったいいくらつくかわからない」と、ため息をついたのです。

数え切れない思い出があります。

うれしいこと、感動したこと、安らいだこと。小さな人と遊ぶうれしさを思いますと、いまもたちまち目が細くなります。祭りの稽古を見せてもらったり、好きな三線《さんしん》、アヨーやジラバやユンタを歌い弾いてきかせてもらったりしたよろこび、「ここを通る人は幸せになるという門だよ」と幸せ寸法に、「こぼし文庫」の石垣をきずいて下さったお話、次から次へと、心に湧いてくるのは、なつかしい島の人びとの面影と、そのたたずまいなのですが。

十余回にのぼる島への「帰省」も、そのたびに何か心の痛むことがあって、望まぬ変化も見られました。「何を言うか」と、たとえ叱られましても、お願いしておきたいことがあります。

一九八四年九月、上勢頭亨《うえせどとおる》氏のお墓まいりに島をたずねました。島を訪れた者で、氏の造詣のお教えをうけなかった人は、少ないのではないでしょうか。上勢頭亨著『竹富島誌《たけとみしまし》』の二巻を、よくまとめておいて下さったと、外間守善《ほかましゅぜん》先生に感謝せずにはいられません。「小さい時から好きでした」とおっしゃっていましたが、古文化財、民具の蒐集《しゅうしゅう》、祭祀《さいし》の儀礼、民芸、芸能、なににつけても大きなお力でした。

この方のみならず、竹富島からはすぐれた文化人・知識人が、たくさんお出になっていますが、わたくしには、それも、島の歴史や風土からの賜《たまわ》りものという気がいたします。

昔の苦しい時代、その悲痛を常とする労働の生活に、自ら美しい家並みや集落を形づくり、美的水準の高い創造をしてきた先祖たちの力が、遠くも近くも、人物を育《はぐく》む因《いん》となっているはず。

ご先祖たちの、美しくみせようとして美しく作られたのではない暮しのすべてが、結果として美にみたされていたという事実。島の底力として、それが自覚され、活《い》かされたいと思うものです。

なぜなら、その力が、只今の「便利な観光」によって、揺れ動く不安があります。とくに、島を出て成人された「こぼしさま」（＝竹富島の子どもたち）たちが、一種の「ふるさと喪失感」として、自然の汚濁や、島の各地が島の子のためというより観光者のためのものとなってゆくさびしさを語ります。

四方八方ひらけた海でさえ、歩いてみた時、水色がよどんでいるように見えて、胸が重くなりました。もちろん、こちらの海とならら、その美しさの透明度、比較にならない奇麗さです。

でも、以前の竹富の海と比べれば、うんと色が変わってきていました。これは、竹富島だけの問題にとどまらない八重山全体の問題でしょう。

「あれはよそのことだ」などと、他島他地区の汚染や崩壊を放置しては、それがそのまま竹富島に及ぶのではないでしょうか。海岸線の自然生態は海を活かす大きなポイントです。

本島にも、ここまでの集落保存はむつかしいかもしれません。宝のような小島なればこそ、全域の町並み保存が現実となりえましょう。

「電線埋設」は、亡き大原総一郎《そういちろう》氏が島へゆかれた昔から願われていたことでした。そのこともすすめられ、赤瓦の建築もずいぶん多くなりました由、島に住む人びとのお心が「やる気」でまとまってこられたからだとおよろこび申しております。

仕事で各地を訪れますが、住民の「やる気」一つで、その町の活気、清潔さ、人の目のかがやきがちがいます。そのちがいの大きさに、どきどきするほどです。誰もが何らかの役や仕事を受けもって、それが全体のよき気分を構成しています。

竹富島は、昔からお掃除のゆきとどいた、神の島でありました。神司《かんつかさ》の石川明《いしかわあき》さんが、わたくしの顔を見ると、「神の子だよ、おりこうさんだね」と抱いて下さいました。そのとき、わたくしは、子供のようにわくわくしました。「あ、いま、可愛がってもらっているな」って。

町並みの保存は、形だけをととのえるものではないと思います。ただ、景観をととのえるのなら、映画材のセットに似ています。

その景観として人の愛する町並みに、まず住民がいきいきと働き、よろこび合って暮さなくては何にもなりません。

そして、その景観の質が、清澄《せいちょう》であることが大切でしょう。どんなに素晴らしい景観ができても、そこが騒音や、汚染、汚濁にまみれては、よろこび安らぐ地とはなり得ません。「もっと、もっと」と、収益をあげることに追われて、その手段を問わぬやりかたでは、こうした基本が破壊されます。

すべてが機械化され、宇宙的科学の世となるにつれて、生《な》ま身《み》をもつ人間は、かえって手作りの本物を志向し、そこに真の休息感をもつことでしょう。「いずこも同じ」形となりゆく観光地の危険が、伝統文化に息づく竹富島を侵害しないことを祈っております。

住まわれる皆さまと、竹富島を愛する皆さまのお心が厚く結ばれ、小さな人びとに歴史と文化と、よき生活労働がうけつがれますよう願っています。

こぼしさまたちが、のびのびと自分をきたえて下さることを願って献じた「こぼし文庫」のご機嫌はいかがでしょうか。

長寿できこえたなつかしいおじいちゃま、おばあちゃま、いつもわたくしに言って下さるように、「百二十歳まで」お元気でいらして下さいませ。

島で聞かせてもらった「とぅんちゃーま」や、「しきた盆」の、「ウヤキ世《ゆ》バ、タボウラル」のくりかえしが、耳底にひびいています。「神からたまわる良き世」は、「わたくしどもが創りだす良き世」でありましょう。それぞれの人間が、神からたまわり、同時に自らの力を重ねて人生を創りあげたいものです。

沖縄と私

初めてゆく

神戸で暮していた間、港で沖縄への船をよく見かけました。神戸から京都へ移住して四年目の一九六八年四月、「琉球新報ホールで話をするように」というご依頼をいただいたおかげで、長い間おりなかった私のビザがやっととれたのです。

当時はドル経済でした。

いったい、どういうことになるのか、不安でした。

その人が二十二歳、私が二十歳。思いがけなく婚約した若い見習士官は、婚約のあと二人きりになった時「この戦争はまちがってる。天皇陛下のために死ぬのはいやだ」とはっきり語りました。生まれて初めて聞く考え、言葉でした。

はじめは中国北部へ征《い》かされた人は、やがて沖縄へ配属されます。船が沖縄に近づいた時「あ あここは、日本だ。緑美しい蓬萊島《ほうらいじま》だ」と思ったという、喜びの声のきこえるような手紙が届きました。黄塵《こうじん》の舞う蒙疆《もうきょう》から、緑きらめく沖縄へ。

その喜びも束の間、あのすさまじい沖縄戦となり、おびただしい県民非戦闘員をまきこんで、悲惨きわまりない破滅敗北がくりひろげられます。

「五月三十一日津嘉山《つかさん》で戦死」という公報が、敗戦後半年たって彼のお母さんに届きました。大阪は三月の第一回米軍大空襲で、どちらの家も炎上しています。お互いに、どこでどうなったかと案じながら、ほんとうのことは、何もわからないままでした。

母のため思い切って結婚、七年たって離婚。破産した岡部へ戻って母と二人の執筆生活がようやく始まりました。病気をかかえながらも、何とか綴れる「心を書く」生活。

さて書こうとして社会に出、世間をみて、いかに自分が何も知らず、人に保護されるだけの暮しだったかということが痛感されました。

「行きたいところは?」ときかれるたびに「沖縄です」と答えながら、「その人」を見棄《みす》て、戦死地を見棄てて生きてきた自分が、うしろめたくてなりませんでした。

さて、沖縄へ。勇気をだしてゆくのなら、あの船で沖縄に近づいた時の彼の気持を再現したくて、船に乗ったのです。

北緯二十七度線。

船員さんに、日本と沖縄の間をへだてる分離の二十七度線を通過するのは、まだ海上まっくらな午前三時ごろと教えられ、その時を待って、船の甲板に出ました。

暗い波に、持っていた花を散らせました。

自決の意味

『琉球新報』の方がたに、公報で戦死地とされている「津嘉山」に連れていってもらったら、津嘉山の丘だけでもあちこちに壕《ごう》の入口があるのでした。

自然壕、人力で削り造られたもの、どこまでもつづく屈折した道、広い道、部屋のような場所、那覇と首里と津嘉山とは三角につながる地点で、戦争から二十三年も経《た》っていたこの時期は、繁茂する植物、落盤などでとてもはいれず、その中の一つに花束をさし入れひざまずいて般若心経をとなえました。

あたりの畑にいらした方が「この津嘉山にいた部隊は六月一日、全部、南部へ撤退しました。動けない者は自決したのです」と言われるのに、ドキンとしました。

それでは「五月三十一日戦死」という公報は、彼の自決を意味するのではないかと。

夕刊で私の記事を見たといって、すぐにホテルへお電話下さった高崎芙美代さんという女性は、夫を中国で戦死させ、一人息子の俊明さんを、那覇商業工科一年生十四歳で軍へ組み入れられ、鉄血勤皇隊とされてしまいました。

俊明さんが入隊した首里近くの壕へ面会に行った時、俊明少年の隊長、益田中尉と仲よしで隣の部隊から遊びに来ていた木村少尉に紹介されたということでした。

高崎さんは、昔の壕のあたりを教えて下さいました。せんだんの花が咲いていい匂いのする谷、邦夫さんの宿舎だった近くの井戸から水をくませてもらって「邦夫さんのお母さんにひと口でも」と、ビンに詰めました。

水。戦場でなくても、水はいのち。まして「この水」。泣けてきて、いや「泣いていては」と自分への憤りに、涙も限りありません。

高崎さんは俊明さんの部隊を追って六月、南部の壕で坊やと逢いました。その時、益田中尉に、

「木村少尉はどうされましたか」

とたずねると、

「両脚を砲撃でやられて動けなくなったので、みごとに自決したよ、いい男だった」

と言われたそうです。ああ、やっぱり。その益田中尉の隊は、六月二十日の全員斬込み（俊明さんも）で、終っています。

ラグビー選手だった邦夫さんの、両脚が一度にやられてしまって「もう、これまで」と自決した邦夫さんの判断。戦争はまちがいだ、死にたくないと言い切って、お友だちとの別れの寄せ書きにも「勝つもまた悲し」と記した邦夫さんは、戦争の非人間性に、刻々覚悟していたのでしょう。人間でありたかった人。

「肝《ちむ》に染《す》む」文化

南部戦跡をまわるバスの一員になって、バスガイドさんの真摯《しんし》な説明が、つらいけれどもありがたく胸にくいこみました。

他府県の者にはまったく教えられていない沖縄戦の実情を、土地の説明とも重ねて語りつづける若い女性のお声が、真剣な憤りにみちて涙になります。私は、バスガイドさんに、心からの尊敬をもち、終りの方で歌って下さった鳳仙花《ほうせんか》の歌を「もう一度」とねだって歌ってもらいました。

ご存じ〝てんさぐの花〟

てんさぐの花《ぬ》や爪先《ちみさち》に染《す》みて
親《うや》のゆし言《ぐとう》や肝《ちむ》に染《す》みり
夜《ゆる》はらす舟《ふじ》や北極星《にぬふわぶし》見《み》当《あ》て
我《わ》ん生《な》ちえる親《うや》や我《わ》んど目《み》当《あ》て

鳳仙花の花びらで爪を染める、親の言葉は肝に染めよう。夜ゆく舟は北極星を目標にしている。私を生んだ親は、私が目標なのだ。

タクシーに乗ると、せつない琉歌が流れていました。

なんと美しい文化圏でしょう。

なんと豊かな創造力、伝承力でしょう。

このすばらしい琉歌も、このしなやかな琉舞も、大和《やまとう》で紹介されていないとは。本島の首里、那覇の町を歩いて、土地の美の底力を思い知ったのです。

皇民化教育を強いられたあげくの沖縄戦で、人もそれまでの文化製品も荒廃の極。そのすさまじい廃墟に、米軍支配のなかで花咲いてきている沖縄文化の、今は大和の抑圧からのがれた自由が、おのずから伝承の復活となり、苦しみから放たれた創作となっていました。

当時、京の町でもこのようにみっしりと芝居興行のつづく日常ではありません。組踊、沖縄古典芝居、音楽性、舞踊性のひびくなかにいますと、こちらも全身に音楽がにじみ、舞わずにはいられない想いがこみあげてくるのです。

また古今東西、人は機を織って染織を生きる暮しとしてきた歴史がありますが、この沖縄（とよばれる琉球弧《うるま》）全域にみられる草木染め、糸つむぎの材料、繊維と技法は、じつに多様で、芭蕉布、絣、織にも土地の生産物と心とが密着していました。

そこへ壺屋焼の焼物でしょう、深い朱塗でしょう、手編みの籠や、笠、敷物、戦後はじめて作られたというガラスも光っています。

私は、紅型《びんがた》を復原された城間栄喜《しろまえいき》氏をたずねて、鮮やかな紅型《びんがた》、藍型《えーがた》のお作を拝見、「これが紅になるのですよ」と小さな黒い虫を見せて下さいました。「醒臙脂《しょうえんじ》」という、今は絶えたといわれる貴重の虫でした。

揺れ合う篝火

巨大な米軍基地から次つぎとB52がとびたっていました。ベトナムへ、ベトナムへと沖縄から米軍は航空機ばかりか港いっぱいの兵員も物資も投入していました。まったく理に反したベトナム戦への介入です。

「ひどい。沖縄をめちゃくちゃにした米軍が今またベトナム人民を苦しめているのに、なぜ沖縄人のわれわれがそのために働かなくてはならないのか。この怒りを、なぜ日本がわからないのか」

ちょうど四月二十八日に辺戸岬《へどみさき》で「祖国復帰」を念じる篝火《かがりび》大会があるのです。本島の東側の道を東コースの人びとが歩いているはず。私は西側の道を北へゆくくるまに乗っていましたら、雨の中を歩いている西コースの列に行き当りました。とても、その横をくるまで通り過ぎることはできません。とびおりて、行列のうしろについて歩きました。

今でも、毎年、

「あの時の岡部さんを忘れません。着物きて、からかささして歩いていた姿を」

と、こちらはお目にかかったことのない沖縄の男性がお便りを下さいます。

くるまから降りて歩きだした時の一瞬の私。その時その時、思うことをすぐ行動に移しているだけで、それがよかったのか、悪かったのかわからない勝手者です。

そういえば、「ここが名護の屋我地《やがち》。ここをはいってゆくと愛楽園療養所だよ」と教えられました。そのとたん「行きたい、行きます」と、愛楽園をたずねることができました。

まだ復帰四年も前、突然はいってきた大和の女を気もちよく迎えて話させて下さったことのありがたさ。思いがけなく、『古都ひとり』と『美の巡礼』を持ってるよと名乗って下さったのは、南真砂子さん。その時以来、ずっと友人にしていただいている方がたをたずねて、沖縄本島におりたつたびに、必ず愛楽園を訪れます。

それは、大島青松園《せいしょうえん》の吉田美枝子《みえこ》さんが「らい」の真実を教えて下さり、ハンセン病への偏見から解放して下さったおかげです。いかに、まちがった先入観で、自分を歪めてしまうことが多いでしょう。私は「真実を理解して下さる貴重な友、同志」を得て、お逢いするたびに、うれしいのです。

愛楽園から出て、辺土岬へ。

米軍の監視の中の集りです。東コースの行進は、銃撃されていました。いのちがけの「沖縄を返せ」は「われわれの手でまともな祖国をつくろうということだ」という声がきこえて胸をうちました。

雨のなか岬の篝火が燃え、北緯二十七度線の向う与論島《よろんじま》の火がぼうと揺れていました。

真の平和を

とても言い切れない、数え切れない出逢いと発見、反省と苦渋。

私が初めて渡沖して三十年余が経ちました。

その間、一九七二年五月十五日には「施政権返還」がありましたが、これは名前だけで、本質的に沖縄を沖縄人自身の土地とするものではありません。

「日本への復帰」というからには、日米両国間のみの安全保障条約は消え、米国は、沖縄からすべての米国施設、米軍を本国へ引き揚げるのが当然だと私は考えていました。

しかし、それどころか、どんなに沖縄人が反対しても一方的に米軍自由の巨大基地。

二〇〇〇年の今、「復帰」してすでに二十八年、敗戦後、なんと五十五年。誰だって沖縄がなお日本政府、大和人から見棄ての無礼に放置されたままであることに、目をそむけることはできません。

「人殺しの訓練の場に私の土地は貸せないよ。戦場戦争に直結する基地は要らない！」と、闘いつづけてこられた反戦地主が、伊江島《いえじま》ヌチドウタカラ（命こそ宝）の家の阿波根昌鴻《あはごんしょうこう》さんです。

もう九十八歳でなお、各地からたずねてゆく人たちに「戦争は絶対にいけないよ」と、心こめて語りつづけていらっしゃる。私は生けるキリストと尊敬しています。お一人お一人、自分が言わなくてはならない現実に「基地を無くせ、自分の土地を返してほしい」と叫びつづけてこられた反戦地主の方がたに対して、日本政府は一切抗議をさせないために「駐留軍用地特別措置法」を一九九七年四月に改悪しました。拒否すべきことを拒否していらっしゃる、尊い闘いを、その人びとをこそ守るべき国会が踏みつぶしたのです。

「今は平和と思うか」というイメージアンケートに、沖縄の小、中学生の三〇%から四〇%は「今は平和とは思われない」と答えたそうです。他府県の小、中学生も「地上戦、集団自決、住民を巻きこみ、軍よりも住民被害死の方が大きかった」と事実をはっきり言えるかどうか、わかりません。

米軍の捕虜となって、荒廃した戦場を処理した男性から、米軍死者とは別に、日本側の住民、兵の死体を、破損した武器とともにブルドーザーで押していって穴に落し、その上に土をかぶせ、アスファルトで舗装した道路や基地であると教えられました。どこもかも骨です。朽ちてゆく骨が叫んでいます。

「まだ生きている骨たちよ。真の平和をめざせ」と。

歴史から学ぶ

一九九七年に初めて催された、沖縄は宮古島での、すばらしい中学校行事を知りました。人頭税《じんとうぜい》という酷税のことをご存じでしょうか。一六〇九年島津藩は琉球王国に攻めこんで支配下に置き、重い年貢を取り立てます。本島の王府はその年貢のために、一六三七年から先島《さきじま》の宮古、八重山諸島の島びとに対して人頭税を課します。王府への税だけでも大変なのに、これは島津藩薩摩へ収奪される税なのです。

「男女十五歳になれば悉く《ことごと》納税の義務を生じ、その貧富の如何《いかん》は問うところにあらざるが故に、貧民に至るほど荷重の負担」

しかも個人差である病気や能力の差は考慮されない頭割り一律の課税でした。

男子は耕耘《こううん》、女子は終日機織り。

清らかな海、美しい風土に恵まれた島々で、王府から税の取り立て、働きの監視によこされた役人への恐怖のなかでも、各島々ではそれぞれ独特の生産物、その自然を活《い》かした染織がつづけられました。

八月に

私は、母が夏になると喜んで着ていた「薩摩上布」が、まことは宮古島で織られた「宮古上布」であることを知らされて、愕然《がくぜん》としました。

沖縄の数多い織物のなかでも、蟬の羽のように薄く美しい宮古上布が、どんなにむつかしく、苦しい労役であったか。もう二十年ほど昔、宮古上布工場をもって、若い人びとに宮古上布を指導しておられた下地恵康《しもぢけいこう》先生が来て話して下さったことがありました。私は大阪の人間で、しかも病弱。機織りをしたことがありません。

京には染織をはじめ、多くの職商人《しょくあきんど》がいらっしゃいます。心から京を尊敬するようになったのは、歴史の美学的証《あか》しであるお職方のお力を取材で知ることができたからでした。

祇園会にも変遷があって、京へ住まいするようになって三十四年の私には、わからないことの方が多いのですが、町衆の礼儀正しい、そして心通う結束。あの後《あとの》祇園会が終わる最後の巡行を見せてもらった記憶が思い出されます。

宮古島の平良《ひらら》市立鏡原中学校では、この五月終わり、「人頭税廃止をしのぶクイチャー大会」で、生徒全員がクイチャーを踊って約二時間、一八九三年、宮古からはるばる上京して国会に人頭税の非道さを訴え、人頭税廃止を請願した当時をしのびましたとか。

新潟県人、中村十作と島民城間《しろま》正安、西里《いりざと》蒲、平良《ひらら》真牛の代表四人がようやく、「廃止の見通し」を得て翌年宮古の漲水《はりみず》港に帰りついた時、数百人の島民が歓喜のクイチャーで迎え、鏡原まで行列して練り歩き祝賀の競馬を行ったそうです。人頭税を苦しむ人びとは、元気にはねるように踊るクイチャーで全身のうめきを放っていたのでしょう。

「今は豊かと思う生活の背景にある、苦しみの歴史を学ぶ意味がある」と下地博校長先生のおっしゃるのに、まこと忘却してはならない先人の歴史が体験学習されました。地域の尊き祭り実践です。

平和への自由は無いのですか

京都は、葵祭で賑《にぎ》わっていた一九九九年五月十五日、沖縄は「復帰二十七年」の日でした。沖縄戦の残酷は、いうまでもなく日本の責任です。

「復帰行進」について歩いたこともある私ですが、それだけに沖縄皆さんの復帰願望は「戦争放棄」「武器はもたない」とした平和憲法への合流希望だったと思います。

ところが、日本政府は、自ら平和への日本の道をとざしてしまって、戦後二十七年の見棄《みす》て、そして「復帰」とか「施政権返還」というのなら、まず米軍が沖縄から引き揚げるはずと期待していましたのに、そのまま、米軍基地、自衛隊の基地もある島になりました。

『沖縄・近い昔の旅』(凱風《がいふう》社刊)に、いつも調査の真実を教えて下さる森口豁《かつ》氏が、沖縄に降りそそいだ「六十万発の艦砲弾」など、米軍が沖縄戦に投じた弾の数字を記録しておられます。「機関銃など小火器から撃ち出された弾や手榴弾《しゅりゅうだん》の数は実に三〇〇二万発」とか。若い人びとにぜひ読んでほしい文章です。

五十四年間、あの美しい亜熱帯の琉球をどんなにひどい目に合わせつづけてきているか、日本政府は充分承知しながら、日米新ガイドライン。

核被爆国である日本は、自主的に、積極的に、世界各国に働きかけて、真の世界平和を求めなくてはなりませんのに、今度は議会で米軍支援の参戦法を強行採決してしまいました。この法案に反対する各地の民衆は、国会まで行って反対を叫んでいますが、民衆には「平和への自由」は無いのですか。

この間、沖縄で作られたドキュメンタリー映画を二つ観ました。

「MABUI」は海勢頭《うみせど》豊氏の制作、音楽。マブイとは魂のことです。いつか「マブイグミしなくては」と言われました。

「魂……ほんとうの人間としての魂を忘れてはいませんか。ひとりひとり魂を取り戻さなくては」と。

「マブヤーマブヤー、ウーティクークーキミソーリ（魂よ、戻ってきておくれ）」

道で倒れただけでも魂を落としたのではないかと、幼い時から魂を呼ぶ毎日。食べるものも無く収容所で乏しく生きてゆく人びとの努力が描かれています。少年二人の出逢いから、せめて一口、お芋を食べさせたかった妹のカナが、食べる力も無く死んでしまって。

そのカナを埋めた土地も、基地の鉄条網の向こうにはいってしまって、外側から拝んでいる家族の前に監視の米兵二人が近づいてきます。そんな現実を見すえて親を手伝う少年、両親を日本兵に殺された孤独の少年の渡航、看護婦になるという少女、泣けて仕方がありませんでした。

また、「カメジロー沖縄の青春」

沖縄の誇るカメジローとは、沖縄人民党の瀬長亀次郎のこと。米軍に投獄されたり妨害されたりしながらも、民主主義、平和願望を行動した瀬長氏、その「カメジロー」を心から支持し支援するおびただしい人びとの姿は、現在も「否を否と叫ぶ」勇気と、熱意あふれる市民の姿です。

刻々に変転する現実に納得できない怒り。

瀬長氏の「土地と水と海と空を奪われていて、何が豊かな沖縄か」と語られていた声を思いだしました。

人間の鎖

日本政府は、一九四五年の沖縄戦で、一日でも米軍を長く沖縄にとどめ、本土への影響を遅くしようとしていました。

長野市郊外に造られていた「松代《まつしろ》大本営趾」を見ますと、東京から宮城・大本営・皇族住居などを松代の地下壕に移すために、強制連行してきた朝鮮人男性を労働者に、やはり無理無体に連れてきた女性を慰安婦にして、善光寺平《ぜんこうじだいら》の地下を掘りすすめていたことがわかります。巨大な地下壕がのこっていて。

大本営は、沖縄を米軍の手から守ろうとしていなかった。敗戦後二十七年も米軍施政、一九七二年五月十五日、日本へ施政権は返されたことになっていますが、それから三十年近くたった今日でも、沖縄に米軍基地がいっぱいです。米国に支配されている日本なのですから、その日本に支配されている沖縄に自由がないのです。

主要国首脳会議、故小渕恵三首相（当時）が、沖縄にサミットをもってゆき、沖縄県民の揺れ動く心を、米軍基地永続に決めさせる計画だったのではないでしょうか。サミットと振興策が渦巻く裏に何がひそむのでしょう。

人間の鎖、という表現を初めて見たのは、一九八七年六月二十一日の嘉手納《かでな》基地を「反戦平和」「核と基地無き沖縄」を熱望する人びとがとり囲んだからでした。あの日は豪雨でしたが、極東一巨大な嘉手納米軍基地をとり囲むために参加した人びとは、住民、各離島からの人、京都、大阪などの他府県からも参加。

大雨洪水警報のでている豪雨のなかを、薄いビニールのレインコートで身をくるんで、老人も、子供も、車椅子のお人も、眉に心をにじませて参加されている様子が、民放のテレビに映っていました。世界初の基地完全包囲です。

総面積約二千万平方メートルに及ぶ嘉手納基地の周囲十七・四キロを人間が手をつないでとり囲むには、二万三千人は必要だといわれていました。

すさまじい寒い豪雨で、正午頃は人影は見られず、「どうなるのだろう」と胸痛めていました。朝「今日は僕も行きますよ」と、うちへ電話を下さった若者もあり、お年を召した女性の先生もあって、ドキドキ。

ところが午後一時前には雨に吹きとばされながら人があふれて、おびただしい人が互いの手をつないで、基地の金網を外からとりまきました。一時には混乱して完全では無かったようですが、一時半、一時五十五分の二回の輪は、余りあるほどの人の鎖で、米軍基地を完全に包囲できたのです。

二万五千人もの人の輪。その平和を希う真心の行動が、まことに平和的に完遂されたのでした。泣きました。なんと美しい平和祈念の輪でしょう。

「平和は私から一歩踏みださねばどうにもならない。他の人がしてくれるものではない」

と、意見を語っていた若人。

「こんなひどい雨ですからねえ。来られない人がいるから、ぜひ私が行かなくては……と、みんなそう思った。それが沖縄の心ですよ」

と、涙の女性。

サミット開催時の二〇〇〇年七月二十日にも、米軍嘉手納基地を、基地反対人間の鎖が包囲しました。

ひびけ！　沖縄のこころ

『ウチナーンチュは何処《どこ》へ』（実践社刊）をいただきました。みなさまもご存じの沖縄人《うちなーんちゅ》、志高く情篤《あつ》い十六人の方がたの、沖縄を思う声の大論争です。

一つひとつ、胸にあふれる、命をこめて言わずにはいられない体験から放たれるお話を読んで、今更にあの凄惨な沖縄戦を見棄てていた大本営の戦略（当時私は二十歳。三月に米軍の大阪空襲で家は炎上。まったく真実は報道されず）が無念でなりません。

「日本人は何処へゆく」が、『京都新聞』に連載されています。ほんとうに、何も彼《か》もに「何処へ」と問わずにはいられない世の在りさま。

『ウチナーンチュは何処へ』にきびしく問われて、大和人《やまとんちゅ》の一人として「ヤマトンチュは何処へ」と叫んでいます。

敗戦後二十七年は米軍による占領行政をうけ、一九七二年五月十五日「施政権返還」となった時、私は沖縄から全米軍は引き揚げてゆくと思ってましたのに、引き揚げるどころか、巨大な米軍基地はほとんどそのまま。自衛隊までふえて、沖縄はいよいよ日米両国に思うままに蹂躙《じゅうりん》されるばかり。

前知事でいらした太田昌秀氏は、

「本土の人間が自分のこととして沖縄のことを考えてくれない限り、沖縄の基地問題は解決しない」

と、言われています。その通りです。

小渕政権は、クリントン政権と計って「沖縄サミット」、サミットフィーバーのうちに、沖縄民衆の「真に自由な沖縄を創《つく》りたい」「人間として尊い平和を世界に発信したい」との希望を踏みにじりつづけているのです。沖縄が解放されることは全国民の希望でもありますのに。

二〇〇〇年、沖縄本島辺野古沿岸域に、米軍の新ヘリ基地が建設されようとしています。それは普天間基地を動かすという口実ですが、みすみす沖縄基地を永久に固定化するものでしょう。

「基地はいらない」

「サミット反対」

「憲法改悪反対！」

沖縄には離島各地の人びとも集まって平和のための連帯の集いをすすめておられます。日本の良心は何処へ。まだ沖縄が自治自立できないなんて、否《ノン》。

「名護に新たな基地はつくらせない！　ひびけ沖縄のこころ」

と、沖縄に呼応する「関西のつどい」が、二〇〇〇年四月二日（日）、京都・東大路四条の円山野外音楽堂で開かれます。

正午開場、午後一時開会。京都沖縄県人会、滋賀沖縄県人会、米兵の暴行糾弾！　沖縄とともに基地撤去をめざす関西連絡会、関西沖縄の会の皆さんが、「ふるさとから米軍基地をなくしたい」いっしんで集まられます。

全国の基地をなくし、日本が米国から独立して仲良くできるといい。

元読谷《よみたん》村長だった山内徳信氏、名護の女性部、真志喜トミ様、全国米軍基地返還運動連帯事務局長の裵鐘珍《ベジョンジン》氏もこられて、お話して下さる由。大きな集まりにしたいですね。

まさに「ひびけ！　沖縄のこころ」よ。

地震と六ヶ所村

一九九四年十月四日の大規模な地震で、余震も長くつづき、東北・北海道の知人のことを案じていました。私にとって、大切な方がたが各地にいらっしゃって、中には私と同じように、ちょっとした段差にも倒れてしまうような女性もおられます。

すばらしい介護をつくされる配偶者に恵まれている方がたですが、まあ、ほんとに、地震ばかりは突然のできごと。足もとの大揺れです。お家の中でも、何事が起こるやら、すべてに「とっさ」の判断と配慮が要ります。

電話線が輻輳していて遠慮した方がいいときき、テレビに見る道や崖の大割れ状況なんかを見ているばかりでした。揺れが長く、またひどかったのですね。

翌日、「一九九一年に蒸気発生器の細管破断事故を起こした美浜原発2号機」について、訴訟にもつねに参加して闘ってこられた山本時子さんが来られた時、地震の話に、ふっとこう言われました。

「うちの息子がね、『六ヶ所村が無事で良かったね』って」

青森県六ヶ所村には日本原燃・高レベル放射性廃棄物一時貯蔵施設があります。

これまで住民の反対を暴徒扱いにして、一方的に、各地に原子力発電所が建設されてきました。そして施設の老朽化が問題なのに、たとえばさきの美浜事故など、蒸気発生器だけ変えて、他との組合わせをおろそかにしたからか、危うい運転です。

そして恐ろしいのは、使用済み核燃料を再処理して核兵器にも転用できるプルトニウムが作られること、また、高レベル放射性廃棄物の放射能が強いこと、それを、どこへどう持ってゆくのか、その輸送につきまとう危険も思えば身の毛のよだつ世界的不安です。

この、地震列島に原子力発電所。

それは、ごく当初の頃から指摘されてきた重大な問題点でした。

だのに、私は、北海道から関東までの広い地域で「激震」とききながら、すぐにその不安と結びつけていませんでした。やはり甘いのです。「まさか」と甘い見方なのです。

山本時子さんが、長年ずっと自然環境について具体的にすこしでも汚染を無くするよう行動をつづけてこられた、その日常が、息子さんの「六ヶ所村」言及になったのだと、私は胸うたれました。

これからの列島は、地震が活発に起ると予想が語られます。原発関係の安全対策は、社会全体の生死を左右するでしょう。

国の原子力委員会に、「原発はほんとうに必要か」を真剣に考え、根本的に検討し直してもらいたく思う民衆ひとりです。

そうしてマス・メディアの関係者に、ぜひお願いしたいのは、各地の原子力関係の施設の所在を明らかに把握していて、地震ニュースには必ず、その地の状況を告げてほしいのです。これまで何か事故があっても「人体には支障ありません」という白々しい発表ばかり。

ともかく、巨大地震対策をどうぞきびしく。

フランスの核実験に思う

初めて欧州をひとり旅したのは、一九六六年の六月から七月へかけてのこと。アムステルダム（オランダ）、ハンブルグ（ドイツ）、そこからパリ（フランス）、チューリッヒ（スイス）とまわったのですが、今思っても恥ずかしい、手ぶり身ぶりで地図を見せて「ここへ行きたいのですが」と、日本語で話しかける毎日でした。

日本語さえ正規の文法を習っていないあやしい私。でも、「空港には必ず日本の事務所がありますから」とか、「そこにいる知人に連絡してあげるから、案内してもらったらいい」とか、多くの人びとに助けられ励まされて、着なれた和服のまま飛び立ったのです。

フランスの男性は、ごく自然に女性をいたわる。前方のゆったりした席に坐っていた男性が、ふつう席の私と降りる時、出口でいっしょになったら、優しく了解を求めるような包み方でわが鞄を持ち、私を支えて歩かれました。私は「メルシイ」とは言えず、やはり「ありがとうございました」と感謝するより言葉がなくて。

空港には、共同通信の記者さんが迎えに出て下さって宿まで送り、「どこへゆきたいか」「せっかく来たのだから、散歩でパリの気分を味わって下さい」などと教えられました。

今日はルーブル美術館へと用意していた日、記者さんから「フランス政府から核実験したとの発表がありましたよ」と聞き、私は、アイスクリームがのどにつまるほど、驚きました。

ああ、フランス語ができたらなあ。

行き交う人びと、道ばたの椅子で話している人、黙って何か食べている人、堂々の労働者、警官も異国の女にウインク。

この町角で話したい。隣り合わせた人に語りかけたい。広場の隅からわめきたい。

「あなたがたは原子爆弾の存在をどう思っていらっしゃるのですか。原爆の落とされた広島、長崎の被害が、どんなにものすごい状況だったか、ご存じですか。人類はもう恐ろしい自己破滅の爆弾を作り、使いました。この原爆出現は、人類世界の未来を汚染し、絶滅させるものです。

今日、フランスは核実験をしたと言います。

こんな恐ろしい現実を放置してはなりません。どうかどなたも声をあげて、核廃絶を要求して下さい。人間の誇りとして、愛として！　お互いを守るために！」

あんなにフランス語を話したく思ったことはありませんでしたが、結局一言も言えず。

一九九五年九月六日、フランス植民地、南太平洋のムルロワ環礁での核実験が強行されました。

世界各地に盛り上がる反核非核の熱願をおし切って、中国もフランスの直前に核実験しています。

どちらの政府も「核実験はつづける」と発表。あまりに、非科学的な無念さ。

日本に核は無いのでしょうね。でも、巨大な核保有国アメリカとの安全保障条約。アメリカの核の下で暮している私たち。

これから人間は、地球は、どうなってゆくと思われますか。

薬害への無念

ＨＩＶ（エイズウィルス）薬害。

この無念な薬害をうけて、苦しみつづけた患者、そしてそれを見守り心痛めつづけた家族の、涙に憤る様子をテレビで見ながら、次つぎと亡くなっていった魂を思わずにはいられませんでした。

これまで聞いたことのないエイズという病気発生が伝えられた十年ほど前、ほんとうに正体のしれない不気味なウィルスが、世界各地の人間をどうむしばんでゆくことになるのか、誰しも不安な思いでした。とくに若い人びと、愛する人と結ばれ、子を産み育て、これからの人生を生きてゆかなくてはならない未来豊かなはずの人びとの間に、言いようもない疑念、警戒がひろがっていました。

「エイズ症に対して、偏見を持ってはならない。差別してはならない」

当時、まず真剣にこの問題について発言されたのは、長年、国の政策と、世間からの差別に悲痛の生涯を送られたハンセン病の元患者さんたちでした。どの国立ハンセン病療養所の療園誌にも、「二度と自分たちが味わわされたような不当な苦しみを与えてはならない」念願で、エイズを

「差別するな……」の声をあげておられました。

戦前、らいとかレプラとか言われて、本来は隔離されなくてもいい微弱な菌、家にいて通院しても良かった人びとが、半ば強制的に、療園に集められました。愛する家族との涙の別れ、冷たい世間の目を浴びながら、まるで罪人のようにその姓名も別の名にして生涯を終えられた方が多いのです。

許せなく、腹立たしく思うのは、戦後、アメリカで生まれていたハンセン病という病名、そしてプロミン治療薬によってどんどん回復して、もう病気ではなくなった人びとを、なおかつ「らい予防法」という非道な法律は束縛していました。

もう完全治癒時代となって四十年以上、治癒しても退園できない社会的監視が続いていたのです。なんと一九九六年四月一日まで……。

「らい予防法」廃止を叫び闘いつづけながら、この廃止までに亡くなられた方がたに対して、国は、医学界は、偏見の社会は、どう謝ることができるでしょうか。水俣病の、あの怨恨、サリドマイド児の衝撃……ああ、数え切れない無念の現実。

そういえば私、三十七、八年前、神戸時代のことですが、眠れなくて悩んで、近くの内科で診てもらいました。

「これは新しく売り出されたばかりの睡眠薬です。少し眠って下さい」

医師の手から渡された薬に、すっかり安心して服用しました。もう詳しくは覚えていませんが、
ある日突然、足指が過熱してふくれました。
今度は驚いて皮膚科に走ると、
「これは中毒ですね。睡眠薬中毒です」
それ以来、足指、爪は変型のまま。妊っていたら、サリドマイド変型の子が生れたことになる
薬害でした。
謝罪でいのち、不幸は戻らない。「ＨＩＶ和解」にも心ゆるせません。

環境に「やりたいこと」

東京の地球こどもクラブ主催、環境庁、文部省などの後援で「環境保全」テーマの小・中学生作文コンクールがありました。

第八回「ぼくたちの地球を守ろう」に、タイ、韓国、インドなど七カ国から四千五百十通の応募があって、入賞は二十五人。

その中で最優秀賞の一人、沖縄の北谷町《ちゃたんちょう》、浜川小学校四年生の米須清眞《こめすきよざね》君が、七月三十日の東京での授賞式へゆく途中に、読谷《よみたん》小学校教諭である米須清富《きよとみ》お父さま、優しい眞美《ますみ》お母さま、それに一つ年下の弟清直《さやなお》君もごいっしょに、わが住まいへ寄って下さいました。

「ぼくのやりたいこと」

私は真剣に、作文を見せていただきました。

この作文を書かれたのは一九九八年四月の由。私が、二、三日の間沖縄へいって、帰る直前、ご一家とお逢いした、ちょうどその頃になります。

「大きくなったらゴミ収集車の運転手になりたい」と幼稚園のころぼくが言うと、みんな変な顔をした。ぼくは、どうしてみんなが変な顔をするかふしぎだった。いろいろ考えた今では、そのわけがわかってきた。ゴミはきたないもの、そのゴミをさわる仕事がしたいなんて、変な子ということだったらしい。けれどぼくのお父さんとお母さんは、

「ゴミ収集車の仕事も大事だよ。なれるようにがんばってね」

とはげましてくれた。(下略)

すばらしいご両親です。そして清眞君の家族全員が省資源を実行する姿、学校へ行く道での百十二個あったゴミ袋整理、三年生の夏休みの自由研究に「地球環境問題新聞」というかべ新聞を作ったこと、でもクラスの人達に「こんなことは大人の考えることで子どもの考えることじゃないよ」と言われて、ショックだったことなど、具体的に行動、実践する様子が描かれています。

小さな人の目には恐ろしい世界の汚濁が映ります。このご一家はテレビをおかず、図書館で好きな本を借りてきて、家族四人、読書に喜び話し合われる尊敬の同志なのです。

環境問題に関する本もいっぱい読んで、「ゴミ収集車の人だけではどうすることもできない」ことを知った、清眞君は書きます。

ぼくは環境問題を考える国連職員になって、地球をきれいにして、みんなが安心してくらせるようにしたい。

具体的で、おとなが上《うわ》の空《そら》でいる点をしっかり考えている立派さ。アジアからの入賞者の集う「アジア子ども会議」で、また、国を越えた友人を得られることでしょう。

沖縄では伝統の空手《からて》が有名です。私の前でその空手の型を、みごとに演じてみせて下さいました。他を攻めるのではなく自分を守る沖縄の魂《まぶい》。清眞君も、清直君も、小学校できちんとこの平和、守礼の空手型を学んでいらっしゃるのでした。

爽やかな空手型、美しく空間を切る坊やたちのお姿が忘れられません。

地雷の恐怖

アフガニスタンのパキスタン国境付近で、地雷を踏んで死亡した南条直子さん（33）のことが新聞に報道されたのは、一九八八年十月四日の日付でした。亡くなったのは十月一日。今日は一九九九年十月四日。あれからもう十一年経つのです。ついこの間、黒柳徹子さんはテレビで「コソボ地区には百万個の地雷が埋められている」と言っておられたし、一見、ふつうの広野が続いているように見えるアンゴラ、ルアンダの各地には、想像もできない大量の対人地雷が埋められていて、気をつけて歩いていても、どこかに触れると爆発して白煙があがっています。

地雷に傷つけられた多くの人びとが入院している病院のなかが映しだされていましたが、脚をとばされた人、手を喪った人、もちろんすでに死んでいる場合もあって、このように恐ろしい無差別殺人の兵器がいまもおびただしく造られつづけていることに、人類の一員として憤り絶望せざるをえません。

地雷を製造しているのは二四カ国ありますとか。いちばん判りにくくて強大な地雷は、ＰＭＮ地雷といってアメリカが生産し、希望する各地へ輸出しています由。

こういう情報は秘密のはずですし、内戦も戦争も流浪も避難も、刻々に状況が変っているでしょう。正直、民衆にとっては何がどこでどうなっているのか、わかりません。

インドへ渡った南条直子さんは、アフガニスタン＝戦う男たちの大地へ、ゲリラといっしょに国境を越えたそうです。五カ月にもわたる取材の旅で、南条さんの心に染みたのは、ムジャヒディン（イスラム聖戦士）という戦士たちの存在でしたと。「女だから」といじめない、むしろ大事にいたわってくれる男たち。その部隊のなかで同じ釜の飯を味わって、差別されない自由を知って、日本人社会の価値観では考えられない他民族との人間関係、自分に責任をもって生きてゆく南条さんでした。

南条さんは、日本へ戻った時、東京・山谷《さんや》の路上の人びとに、ムジャヒディン部隊を見つけたといいます。何かあると、それを、何もないとまた、その思いを記しつづけていらした南条さん。

アフガニスタン政府軍と反政府ゲリラ側との九年間に及ぶ戦闘取材中、地雷を踏んでしまった南条さんの死は、西側ジャーナリストにも日本の逆境の人びとにもショック。

『戦士たちの貌』（径書房）は、ご本人の見ることのできない遺著になってしまいました。

とても書き切れない各地の恐怖のなかで、地雷廃絶運動家、ジョディ・ウィリアムズさんのことを知りました。「ＩＣＢＬ」（地雷を禁止する国際キャンペーン）を設立、世界百二十三カ国が署名したオタワ条約（対人地雷禁止条約）を成立させ、一九九七年度ノーベル平和賞を受けた女性です。

神仏もご存じない地中の雷仕掛け。これは許せません。

強制する政治

二〇〇〇年の卒業式、入学式は、いろいろちがった土地においても、大きな悩みがありました。市町村それぞれ、各学校で、「日の丸・君が代」をどうするかで、生徒たちもＰＴＡも先生がたも苦しんだと思います。

「強制はしない」という強制政治です。

このあいだ、よろよろと弱っている私を支えて「光州事件二〇周年」の光州へ連れていって下さった方がたがありました。

生れて初めて、美しい朝鮮半島のお土を踏む思い、あの強制併合による日本植民地時代、朝鮮民族は、それこそどんなに非人間的な苦しみを強いられたことか。

「日の丸をもち、君が代を歌う日本人がやってきて無理難題、名前もかえさせられ、否応ない皇民化教育で、昔からつづいて使っていた自分たちの言葉を使うとひどい目に逢わされた」のですから。

日本人の加害の実情は数えきれません。現在も日本に住んでいらっしゃる在日朝鮮民族も、昔の歴史に明らかな日本の武力侵害に反対して、結局、母国にいられず、日本各地に流れてこられました。その貧困・辛惨……、在日の方がたのご苦労も、大変でした。

日本社会は、差別社会。その日本の都合で、強制連行された男性女性、思うだけで胸痛いことです。日本は朝鮮半島、沖縄、台湾、あの中国大陸各地、そしてフィリピンはじめ東南アジア各地で、どんなに残酷を強いたか、日の丸に礼をしない人、君が代を歌わない人を殺したというのですから。

恐ろしい「神国」思想が、急激に許せない方向へ展開されようとしています。学校教育が、また政治的意図によって平和、人権、自由を踏みつぶされようとしているのです。

「僕は新しく赴任した高校の入学式で、日の丸、君が代に反対して、起立しないでずっと坐っていた」

と、配転されるのを覚悟して闘っていらした先生の、優しい生徒たちへの愛を知っています。

また、ご自分のお子さんの入学式の時、「国歌斉唱」となったとたんに立ち上がって、お子さんにもきこえるように全身の声をはり上げて「君が代の強制に抗議します」と言い、そのまま帰ってきたという若いお母さまの、立派な日常の運動を聞いています。

ある在日韓国人の男性が、小学五年生のお子さんの小学校で、卒業式に「君が代」を歌わされると知って、六年生の卒業式に見送りの五年生も参加するわけですが、「娘を欠席させる」とのことでした。

「韓国人にとって、日の丸、君が代はとても嫌なものです。日本人は昔したことを、しっかり反省した方がいいと思っています。反省した上で仲良くしないと、また悪いことをされないかと心配です」

と。このお子さんの同級のお友だちが、

「私も君が代を歌いたくありません。式で君が代を流さないで下さい」

と校長先生へ手紙を出しましたが、やはり君が代が流れたそうです。でも君が代が流れる前に、十一歳の小学五年生二人は退席しましたと。

児童の力に襟を正します。

ハンセン病と人権

真宗大谷派の沖縄開教本部、麻生透《あそうとおる》氏からのご依頼で、那覇で催されている「うないフェスティバル二〇〇〇」の一つ「ハンセン病と人権を考える講演会」にまいりました。

とても一人ではまいれない身体なので、京都の東本願寺のお坊さま訓覇浩《くるべこう》氏、辻内春海《つじうちはるみ》氏が迎えにきて、二日間ずっと支えて、翌日の夜、家に送り届けて下さいました。

ちょうど内間《うちま》政幸氏主催の、前から賛同している「日米共同の戦争準備に反対する10・29連帯の集い」が開かれる日でしたので、那覇空港に着くと、浦添市社会福祉センターへまいりました。

海勢頭《うみせど》豊氏のトークがあり、迫力にみちたお歌を聴いていると、「せめて五分でも」話すようにと言われました。この会に顔を出せたのは初めてですけど、その趣旨には賛成しつづけてきたこと、「連帯して米軍基地をなくし、真に平和な沖縄自治独立を願う」と申しました。

そしてうない（女性という意味）会場へまいりました。愛楽園から来て話された国賠訴訟原告代表金城幸子《きんじょうさちこ》氏のひどい迫害時代のお話、小説家目取真《めどるーま》俊氏は早くから歴史と現状に深い関心をもち続けていらした方。私はお二方のお話のあとで、自分がどうしてハンセン病と出逢ったか、差別と偏見のなかで、どんなにひどい仕打ちを受けた方がたが多かったかを、自分が結核で女学校を中途退学して養生していた頃に知り、結核よりももっとむごい扱いをうけた病気の真実を学んだこと、そして結核菌よりも弱いらい菌で、隔離の必要のない方がたを家族・仕事・社会から引き離した国の政策のまちがいに苦しめられた人びとを思い、語りました。

許せない「らい予防法」。しかし、この残酷な法律は一九〇七年から一九九六年まで続いたのです。一九九六年三月二十七日「らい予防法」が廃止され、厚生省は頭を下げて謝りましたが、これはとり返しのつかない非愛非人法でした。すでに亡き人びとも多いのです。

この時、真宗大谷派の能邨《のむら》英二宗務総長から「ハンセン病に関わる真宗大谷派の謝罪声明」が発表されました。京都は宗教の本山、数多い宗教宗派のなかで、国の行った政策に無批判に追従して隔離政策を支えてきたことへの真宗大谷派の懺悔でした。

他の宗教はこの点、まったく素知らぬ顔。罪を認めて詫びたのは、この真宗大谷派あるのみでした。私は、まちがったことを認めて謝罪することが大きな愛の出発だと思いました。人間が人間を回復することこそ、「教え」。

その志から、「ハンセン病と人権」を会のテーマとされたのでしょう。

翌日は麻生氏運転のお車で名護の愛楽園へまいり、なつかしい南真砂子さん（一九六八年四月に行ったとき以来のお友だち）や、前日、話しに来て下さった金城幸子さんとも、お逢いしました。

納骨堂へまいりまして、うちへ来て下さったことのある亡き方がたを偲び、国に対して、悪法を強いた賠償を求める国賠訴訟は、自分たち国に協力した社会人一人ひとりの責任として、共に闘わねば恥ずかしいと思いました。

「元患者だけの問題ではない」

これは、自分の問題なのです。

「毒」は許せない

一九九九年。暮れに「庭に咲きだしたので」といって届けてくださった蠟梅《ろうばい》の枝を、初湯に浮かせた。

ほんとうに蠟で作ったような黄と紫を帯びた気品高い花だ。いい香りがする。

古く小さな木の湯船で枝に触れる。湯気に包まれて少女のころから好きな蠟梅の香りとともに入浴するなんて、もったいないようだけれど、一人だから、花にいっしょに入ってもらうのだ。

中国原産の落葉灌木《かんぼく》で、日本へは朝鮮を経て根づいた。蠟梅はバラ科の梅ではなく、ロウバイ科だ。つつましい暮しの、いのち静かな湯にひたっていると、この年まで存命したことがふしぎでならない。

兵庫県南部地震で、多くの知人を死なせた。

私は入浴の時「どうぞ地震がありませんように」と願う。古代の歴史をみても、このごろでも、毎日のようにどこかで地震の起こっている列島だ。

一九九八年を象徴するのは「毒」の一文字とか。毒カレー、毒飲料、毒物、「毒ショック」ニュースで苦しんだ悲しみは、いっこうに晴れない。

昔とはすっかりかわった日常の機械化、目の弱った私にはインターネットなんて無理。安静にしていると電話もきこえにくいが、携帯電話は持っていない。貧しい老女は困惑することばかり。伝言ダイヤルなんて何？　薬物錠剤なんて何？　汚職？　投機？

日米新ガイドラインって何だ。日本が、米国の指揮下に動かす自衛隊は、武器や軍隊を持たないという「日本国憲法」からみて、どうなるのか。

ひきつづき、腐敗の腐敗といいたくなる政治せかいに、恐ろしいほどの金欲、権勢への執着が、防衛費その他の実情を動かしている。防衛庁では資料隠しで大変だったらしいが、われわれ民衆のまったく関知できないところで、まだまだ。何があるのやら。

ましてや想像もできない他国の現実。若狭の浜に流れついたという白骨まじりの遺体は、どういう死者なのか。どこの国にも必死に守っている暗部がある。悪の秘密。

世界の国の対立、人種差別、地域偏見、宗教の渦。互いの欲をすこしでも越えて、できるだけ平等な、差別の少ない状況をつくりだしてゆけないか。

軍事施設、核兵器、そして戦争準備。いやだ。どんな戦争も、毒あるのみ。

誰が、どう使っても、毒は毒だ。毒は許せない。

年頭の、ほのかな安堵《あんど》は、欧州ユーロの出発だった。日本は敗戦後五十余年なお沖縄に米軍基地をおしつけて、琉球亜熱帯の独立を喜ぼうとしていない。あの悲惨な沖縄戦の時のように、いつまでも日本の勝手にする気なのだ。耐え難い怒りを忍ばれる沖縄は、本来、自由な貿易国だったはず。

蠟梅の湯気をはらって、傷なき枝を又、瓶にさす。

しゃんとしている。

愛の飢え

「コソボ難民支援切手で基金集め——法王庁が異例の試み」

とある見出しにどきんとして、ＡＰ通信の写真からとったという切手の図柄を見ました。毎日毎日伝えられるコソボ難民報道につらい思いを募らせながらも、何もできないままの私。

バチカンのローマ法王庁から、五月二十五日に発売されたという切手の図は、線路づたいにコソボ、マケドニア国境を越える老母と息子、そのあとにはえんえんと人の列があります。

「法王は苦しむ人びとと共にある」などの言葉が、法王のサインと共に印刷されているそうで、私は、貧困と飢えに苦しむインド・カルカッタのスラム街に入って、徹底的に貧しい人びとの心を力づけ、死んでゆく人びととの頬に頬ずりしつづけられたマザー・テレサを思いだしました。

孤児の家、死を待つ人の家、ハンセン氏病患者自身のコミューン、平和の村……。

マザー・テレサが次つぎと、信仰を同じくし、マザーを慕って集まってくる多くのシスターたちと、どんなに広く深く大切な集落や工場、病舎を作られたか、話をきくだけの私には想像もつきません。

一九九二年、京都の仏教大学四条センターで「マザー・テレサ展」がひらかれ、マザーに接して信頼を得られていたカメラマン沖守《おき》弘氏や、是枝《これえだ》律子シスターのお話を聞きました。その沖守弘氏の著『マザー・テレサ、あふれる愛』(講談社文庫)に、西ベンガル州知事が提供してくれた九〇万坪の広大な土地にハンセン病病棟と、シスターたちの居住区、田畑と患者の家族の住む区域とを作ろうとしたマザーのエピソードが記されています。

ちょうどその時期、ボンベイで開かれた聖体大会に出席したローマ法王(当時の)パウロ六世が、帰国にあたって自分の儀礼用の自動車、純白のリンカーン・コンチネンタルをマザー・テレサに贈った。

インド滞在中に使われるようにと、アメリカの大富豪が法王に献じた自動車は、法王からマザーへ。その車を賞品としてチャリティ宝クジが発売されて、たちまち資金が集まったそうです。マザーを親愛している世界中の人びとからも、コロニー支援がつづいたんですね。

「世界の平和の崩壊は、家庭の中から始まる」

と、マザーは、その『ことば』(女子パウロ会)でおっしゃっています。家庭が喜びと不幸の源泉なのだと、ひとりひとりが愛を持ち、愛を生かし愛の行動をするようにと願っていらっしゃるのです。これは今の今、この世界中の家庭に願われるべき言葉でしょう。そこに平和が生まれます。

一九九七年九月五日、マザーの亡くなられた時に、是枝シスターはおそばにいらっしゃった由。先日、美しい静かな死のお姿をみせていただきました。

一九八一年四月、一週間ほど日本へ来て下さったマザー・テレサは、多くの講演の間におしのびで東京の山谷《さんや》地区や、大阪のあいりん地区を見て回られたそうです。路地から路地へと。

豊かな美しいこの国で、孤独な人を見ました。豊かそうに見えるこの日本で、心の飢えはないでしょうか。

講演のなかで繰り返し語られたというマザーのお声が身にしみます。日米新ガイドライン法を国会が強行採決したことに怒りふるえて、否《ノン》！

「臨界」事故

思いもかけなかった「臨界」事故。

茨城県東海村の核燃料加工会社ＪＣＯの工場で、作業中の社員三人が濃厚に放射能を受けて被爆したというニュースを、私は一九九九年九月三十日正午のテレビで知らされました。

コソボでの民族不幸の殺し合い、流浪、トルコ地震、台湾大地震、そこへ台風十八号の発生と流れ。沖縄から鹿児島を通って九州、そこで満潮と高潮、大雨、水害、四国でも至るところが暴風と浸水、そして竜巻など、あまりにもつらい状況が次つぎと起こって、四十年来、仕事取材によってたずねた土地の名が知らされるたびに、「あ、大分の中津だって」とか、「あ、高松」とか、各地の知人、おせわになった方たちの存在をお案じして、台風が北海道を脱けてしまうまで、胸痛みつづけました。

そこへ下関駅での惨害です。母のふるさと下関。なぜ、なぜ、なぜと、恐ろしい殺人に走りぬける男性の加害事情や、突然刺されて死傷した人びと、その家族の衝撃がひとごとならず、身にこたえます。こちらはずっと安静にしている身ですが、それだけに多くの知友の安全を願っています。世界の人類に喜びを、と、念じています。

ところが、ずっと反対しつづけてきた原子力発電施設も、「もんじゅ」などの事故が大小起こりつづけていて、その真相は、しろうとにはさっぱり判りません。あいまい模糊《もこ》。いつも「人間の健康には大した影響はありません」という談話で、終わりにされていますが。

水戸、ひたちなか、日立、常陸太田、那珂、屋内退避勧告がだされた東海村から半径十キロといわれる土地の地図を見ながら、「外へ出られない人びとの暮しはどうなるんだ」と、心配でなりません。プルトニウム、ウラン、人間の手でいいように扱うべきではないことが、世界中の人びとによくわかったでしょうが、こんな恐ろしい「臨界事故」が起こるとは、科学的にもあまり真剣に考えられていなかったようです。

科学技術庁、日本政府の責任はあまりに大きい、私たち一般の民衆も、ますます、覚悟する必要に迫られています。

被爆した作業者の容態は、ほんとに間近で放射線を浴びたわけですから、広島大学原爆放射能医学研究所の発表によりますと「広島に投下された原子爆弾の爆心地から一キロ以内の地点で被爆したのと同じ状態ではないか」といわれ、極めて重症で、治療は難しいそうです。

青い光って、どんなものか。水が大きな役を果たしているそうで、臨界危険なんて、「その時」まで誰も考えていず、ＪＣＯの初期の発表では、ベテランだったはずの社員も、そうとばかりは言えなかった様子、工程についても裏マニュアルがあって、それにも忠実でなかったずさんな手ぬき、などと知らされます。

幸いにも農作物や稔りに放射能影響がなかったとか。出荷、屋外労働もできるようで、最後まで避難していた東海村原点から三五〇メートル離れていた避難所も終わったそうですが、家に、衣服に、家族に、自分に、放射能が残っているのではないかとの不安が残るのは、当然のことです。

一応、何の放射能障害もないとされた人の中から、何十年も経ったあとで障害の出たりする（晩発効果）場合があるそうで、この核汚染については米国クリントン大統領（当時）も心中、「絶対に核爆弾は使わない」と決心してほしいと思います。

世界中どの土地でも、今回の日本の放射能事故は大問題でしょう。

水戸の皆様、お大切にとのみ。

戦争遺跡は語る

あの戦争で、各地に苦しみ多い戦争遺跡というべき場所がのこされています。京都で「戦争遺跡保存全国ネットワーク」と「沖縄平和ネットワーク」とが合流して「第三回戦争遺跡保存全国シンポジウム」が開催されています。

大学として初めて平和博物館を創った立命館大学を会場に、国際平和ミュージアムに全国から参加した人びとが、いかにしてこの国の侵略の罪を問い、その真実を次代に伝えるか、「戦争の二十世紀から、平和の二十一世紀へ橋をかけよう」と、京都の戦争展も若い人、子ども会議その他、多くの力を集めて展開されるのです。

第一回は長野市の「松代《まつしろ》大本営壕」のある松代町、第二回は沖縄県南風原《はえばる》町で町文化財に指定した戦跡壕などを見学、勉強されたようですが、沖縄戦のものすごさを学んでいる私には、底知れぬ悲痛がこみあげてきます。加害、被害、言いしれぬ恐怖です。

あの美しい琉球王国を武力をもって侵略した薩摩藩。そして明治政府により沖縄県とされた沖縄は、日本の皇民化政策でとことん監視の政治をしかれました。すばらしい朝鮮文化は、すべて日本文化の祖流なのに、朝鮮半島の人びとも、強引な日本の脅迫で併合され、どれほど多くの朝鮮人が日本のために運命をかえ、連行されて労務者となり、女性は慰安婦として弄ばれたか、わかりません。

たとえば松代に、東京から宮城や大本営を移すとして壕を掘らせたそこにも、七〇〇〇人といわれる朝鮮人がろくに食物も与えられずに労働を強いられ、犠牲になったとか。賢所《かしこどころ》や御座所《ござしょ》など、広くていねいに造られた松代壕を見られた沖縄の人びとは、沖縄各地の壕のさんたんたる現実を思い合わせて絶句されます。労働させて殺すんです。

米軍の本土上陸をすこしでも先にのばすよう、大本営は、松代の壕の完成するまでみすみす悲惨な沖縄を、残酷にも見棄てていたんです。

戦争の記憶を継承するためには、現日本政府が心を入れかえて、戦争によって何が起こったか、はもちろんのこと、なぜ、こんなことを起こしたのかを、明らかに記録する必要があります。その日本の加害実情を国民が知らなくては。嘘でなく、真実を。

もう三十余年前、ポーランドから東京へ学びに来ておられたミコワイ・メラノヴィッチ氏とお逢いしたことがあります。当時、広島の原爆ドームを取りこわそうとする動きがあって、そのことをお話ししましたら、メラノヴィッチ氏は凛《りん》と言われました。

「原爆ドームは世界の人に見せて、核問題を考えさせねばならないものなのに、日本人は原爆を天災とでも考えているのですか。もし、アウシュヴィッツを無くしたら、世界に申し訳がない。真実の遺跡が心を語りつづけるのです」

と。

知らない遺跡が、まだまだいっぱいあるでしょう。この間の新聞（一九九九年七月七日付）で「上海市街地の地下に、旧日本軍が建設した長さ二キロ、総面積一万平方メートルを超す巨大な秘密施設が非公開のまま保存されてきたことが明らかになった」とあります。日本軍の関連施設が集中していた地域で「建設に動員された中国人数千人は、秘密保持のため全員殺害されたとしている」というのですから、日本軍が進んだ中国はじめ他国、東南アジアの各地にも、恐るべき侵略の遺構があるのでしょう。日本人としてつらいことですけれど、だからこそ、ひとりひとりの民衆が、「ほんとの歴史を知って、平和な世界創造への道を歩きたい」と、思わずにはいられません。

教育の力、教科書の是非。

あの敗戦（一九四五年八月十五日）までの日本で、私たちが受けていた教育を、若い人、小さな人に受けさせてはなりません。世界各地、どこの国の人びとに対しても、人間として尊敬する愛を大切にできる教育を、お願いします。

人間が、人間でありますように。

日本社会の欠落

生まれつき虚弱なまま、病気の自分と共存してきた私は、思えばいい気な甘やかされ方に慣れて、今日までできたような気がします。

「国民年金法の国籍条項は十八年前に撤廃され、国籍に関係なく、日本で暮すだれもが年金をもらえるようになるはずだった。しかし現在は満三十八歳になった在日外国人の障害者は制度改正の谷間に置かれ、いまだに障害基礎年金の対象から外されている」

二〇〇〇年三月十六日の『京都新聞』で、京都地裁に「障害基礎年金の支給を求めて集団訴訟」を提起された在日韓国・朝鮮人の障害者のことを、原告団長の金浩栄さん（48）が手話で語られている写真をみて、「今の今がこれなのか」と、胸が痛みました。

「在日として、障害者として、日本社会の中で二重の重荷を背負わされてきた。……耳が聞こえないため、なぜ年金がもらえないのか、だれも十分な説明をしてくれなかった」

と。そうでしょう、あまりにも不当な差別は日本社会のなかにはいっぱいみられます。

それでなくても、在日の現実そのものが、日本の朝鮮半島全域を武力で併合し、強制的に朝鮮民族の自立自由を奪った不幸からの歴史的現実なのです。強制連行され、労働に従事させられた男性、否応なく連行されて日本軍の性奴隷にさせられてしまった女性……。

そして日本へきても、在日の中で南北の対立を強いられたり貧しさにつき落とされたりして、どんなに苦労してこられたか、わかりません。

四年前、同じ境遇にある在日外国人の勉強会に参加して、初めて制度の不当なことが理解できたという金さんが、

「人権が守られていない日本の社会を変えるため、小さくても声をあげてゆきたい」

と、語っておられました。

日本社会の歪み、改正から二〇年近くも、制度の谷間に放置されている人びとの思いは、どんなに切ないものでしょうか。

日本人社会に、ぬくぬくと暮している日本人の私。差別者でありたくない……世界人類みんな人間、互いに尊敬し合って、大切にし合っていのちの間を喜び過したい……と願っているのですが、差別社会にまみれて、苦難の方がたに強いている「真相」がわかりません。思うだけで、わからないままに、何もできないできました。

在日であるためのご辛苦を積極的に自らの成長、自らの充実として人間としてすぐれた生き方をしておられるすばらしい方がたがたくさんいらっしゃいますけれど、とても辛いのは、参政権

無しにされたまま、税金はとられていらっしゃることです。

日本社会を支えて下さり、哲学、労働、技術……数限りないお力をいただいている在日の皆様に、「ぜひ基本的人権である参政権を認めていただきたい」と、国の「人権政策」に求めます。

老齢年金をもらっている一人です。

五年目の客

もう五年経《た》ったということで、この二〇〇〇年一月十七日は、午前五時ごろから目ざめてドキドキしていました。五年前、ひどい揺れにとび起きて机の下へもぐり、しばらくしてすぐテレビをつけて大震災の様相を知ったのでした。

大阪生まれの私が京都へきたのは一九六四年の秋ですが、それまでの十年間、神戸に住み、仕事の出発も、神戸が始まりでした。神戸には親戚、知人、友人、ご近所と心配になる方ばかり、泣き泣き電話かけて安否をおたずねしていたことが思い出されます。

五年ぶりの一月、東灘区に住む姪《めい》みつこ（姉の娘）が、たずねてくれました。あの時、持てるだけの品を持ち、になえる限りの道具を持って「ともかく」ここへたどりついた一家の顔を見て、ほっとしたり、また、あらたな涙にくれたりしたことですが、その時はまだ結婚していなかった姪の長男徹也が、今回は結婚してはじめて来てくれたのでした。

当時、結婚はしていなかったけれど、大切につき合っていた泉南の明美さんが、真剣に徹也のことを心配したことなど、今度はゆとりをもって、はじめてきかせてもらいました。

徹也は、

「ほんとうによかった。もし阪神・淡路大震災の被災地区に、原子力関係の施設があったら、とてもあんな被害ではすまないもの……」

と、ずっと、あの時から言いつづけていることを、また、申します。

私は一九二三年、関東大震災の年の生まれ。小さな赤ん坊が、関東の余波を受けた大阪の揺れで、ころと転がった話は、よく母がしていました。関東大震災のすさまじい不幸は、震災被害と重なる、日本人市民による朝鮮人迫害でした。強制的に連行して苦行を強いていた人びとへの申しわけない残酷……。

阪神・淡路大震災では、同じすごい地震に遭いながら、じつに被災者同士仲よく、思い合って耐えられたことに、そして長田区では朝鮮人被災者に日本の人びとが助けられたことが喜びをもって語られます。

今は清水焼団地にお住まいの陶器卸《おろし》の老舗《しにせ》小坂屋さんが、一年中の半端物や売れ残りの品を自家のトラックで三度にわたって被災地に運んで、あたりに野宿していらっしゃる人びとにあげたことを話しておられましたが、

「列がずらっと並んで、ちっとも乱れないんですよ。そして『うちは二人ですから二コでいい、ありがとう』とおっしゃって……ね」

他の人びとと共に便利、喜びをわかちあいたいといった思い合いの気風が流れていたことを、何度も感動をもって立証して下さっていました。

五年の歳月の間、またごく最近でも、震度1、2、3、4……なんて、各地に地震が起こっています。

みつこは、

「ここでおふろに入れてもらえて、ありがたいけれど、神戸にはそれどころではない友人知人がいっぱいのこっている。ここで、おふろに入るのがつらい」

といって二、三日、京のわが家にいただけで被災地へ戻ってゆきました。

五年目の客、みつこたちと、また心の用意を語り合ったことです。

光州・追慕塔

「大和は国のまほろば」と申しますが、その大和、奈良盆地のように美しい風景が、韓国釜山《プサン》から慶州《キョンジュ》、さらに光州《カンジュ》広域市まで続いていました。

自分はどこにいるのか。韓国へ渡るなんて、とても無理と思っていた私。日本の文化・技術・学問・宗教……朝鮮からはいった文明・芸術を思えば、まさにその国、不思議な夢のまほろばを通っているのでした。

二〇〇〇年五月は「光州事件二十周年」

光州で民主主義政治を求める民衆が決起したことを知って、当時不当に獄にとじこめられていた徐勝《ソスン》・徐俊植《ソジュンシク》ご兄弟のお母様、呉己順《オギスン》オモニが「統一こそ」最後までそう願われて五月二十日亡くなられたのを思い重ねました。

この本の冒頭に、朴菖熙《パクチャンヒ》先生、裵《ペ》卿娥《キョンア》夫人と初めてお逢いできた感動を書かせていただきましたが、金鐘八《キムジョンパル》氏のおかげで『岡部伊都子集』全五巻（岩波書店）を読んで下さっていました。

「一度、光州へ」と願っている私を、この集を作って下さった高林寛子氏が、朴先生と細かく打ち合せ、私の腕を支えて韓国へ連れていって下さったのです。

釜山空港へ着くと同時に、朴先生ご夫妻が走り寄って支え、ずっと同行して守って下さいました。

二十年の昔、テレビで見た光州二十万人以上の学生・市民が男も女も子供も立ち上がって「自主、民主、人権」を求めた集まりに、全斗煥保安司令官によって投入された戒厳軍。殺される様子、抵抗ぶりに私は襟《えり》を正したのでした。

「次つぎに学生が殺されてゆくのを黙って見ているわけにはゆかない」

という男性、

「ここで話したために捕らわれたってかまわない」

といった中年の女性を、周囲の人びとが拍手で包んでいる街頭インタビューの状況。

私が光州におまいりした二〇〇〇年五月十七日は、翌十八日に政府主催の記念式典が行われるため、テントや椅子の用意などに労働者は忙しそう。

墓地公園の中央にそびえたつ追慕塔を仰ぎ、香をたき、深く頭を垂れて「民衆に自由を、政治犯や連行学生の釈放を」と行動した「人権希求の聖地」を尊びました。各地からのお参りする列も多く。

墓地の中を拝ませてもらう体力が無く、空港でも横にならせてもらうありさま、朴夫妻のお友達のおせわにもなって、ソウルへ。

翌日ソウルのホテルへ、以前「耳塚」へご案内した高銀《コウン》先生と、徐俊植サランバン人権映画上映会代表が来て下さって、なつかしい再会を果たしました。そう、徐勝氏、沖縄の高良勉《たからべん》氏などとも、光州で催された「東アジアの平和と人権」国際シンポジウムにゆかれる前にお目にかかれたのでした。

光州事件直前に連行された金大中現大統領は、五月十八日の二十周年式典に初めて出席されたそうです。帰ってから見た記事で「拘束中に光州市民運動を知って血の涙を流した」と言われていますね。

不思議いのち

不思議いのち

六月の雨に咲きだして美しい紫の大輪を点じている庭の紫陽花《あじさい》。何度かお供えや客人へのおみやげなどに剪《き》らせてもらいましたが、まだ、紫を咲かせています。あちこちにどくだみの白い花も咲いていていましたが、これはもう、すっかり終わりました。

でも、また秋彼岸になりますと、すすっと茎が伸びてきて蕾をつけ、繊細な彼岸花《ひがんばな》が咲きます。いつも、驚くほど真っ正直にお彼岸に咲くこの花。土の中の刻々のいのちが不思議で、胸に迫ります。

紫陽花のうるわしい紫色。花だと思っているところは萼《がく》の変化だそうで、どくだみの白い花も、じつは花ではなくて苞《ほう》だとのこと。正しい知識はなにもなくて、ただ喜んで見せてもらっています。

お彼岸、それも秋のお彼岸のころには、田のあぜや堤防、墓地へゆく道やいたるところに、鮮やかな紅花を咲かせる彼岸花を、人びとは長い間「死人花《しびとばな》」と呼んできました。彼岸という言葉からきた彼の世《あよ》思想。またお墓まいりの連想と重なっているのでしょうが、まことは「死人花」どころではなく、「天地荘厳《しょうごん》の花」と仏教では教えられてきました。

天地荘厳の花・死人花、そのどちらの呼びようもが、人間を含むすべての自然の大不思議を感じさせます。

この間、私の父の誕生日がきて、ご命日と同じように花あかりのローソクをともして、父の好みの清酒を供えました。

父が生まれなければ、私は生まれず。

だから十二月の忌日と同じように、やっぱり父がなつかしいのです。

といっても、私は父を人間として理解するのに、ほんとに長いことかかりました。

父は母に対して威張っていました。よく母に小言を言っていましたので、そのたびに大好きな母を守るのに、せいいっぱいでした。

母は朝夕お仏壇にお花やお水、お香を絶やさず、心をこめて読経していました。岡部は浄土真宗。母は読経中に泣いて絶句してしまうことがあって、そんな時は、うしろに坐っている幼い私は母の背に抱きついて、ぬくもりで母を慰めているつもりでした。

父は毎晩、夕食後は和服に着がえて外出してしまいます。当時の大阪の商人は、それがふつうだったようで、父も新町の芸妓さんをひかして、その女性にも子を生ませて毎晩そちらへ行っていました。真夜中には帰ってきたのですけれど、父を父として「困った父だ」と思っていました。

父方のご先祖さま、母方のご先祖さま。

末っ娘《こ》に生まれた私は、父の父であった白髭の翁の写真や、母の母である祖母の凛《りん》としたたたずまいを知っているものの、やはり具体的な日常をともにした父、母、従姉、長兄、そして戦死した次兄など、先立っていった縁戚の者を、「ご先祖さま」と思うばかりです。

この世にどれほど多くの「いのち祖先」がありますことか。ずいぶんいい加減なありようですが、私はお彼岸を春秋の微妙な移り変わりの時期として、天地宇宙の中に息づいている力を、味わっています。

身内でも、他教を信じ、他宗にぬかづく人がたくさんありました。戦死した次兄は哲学的な、悩みを悩みとした優しい人。私はいちばん尊敬し、信頼していたのですが、「生死一体」の偵察機でただ一機「未帰還」の戦死でした。

そのあと、私は、同窓の学年がひとつ上だった若者と、母同士の心づくしで婚約させてもらいましたが、それというのは「この娘《こ》は結核で死ぬだろう」、その人は「戦死するだろう」と思いこんでいた母たちの「死の覚悟ゆえの婚約」でした。

小学校時代から思慕していたその若者は、婚約して初めて私の部屋で二人になれたとき、軍服の襟を正してこう言いました。

「こんな戦争はまちがってる。こんな戦争で死にたくない。天皇陛下の為に死ぬのはいやだ」

生まれて初めて「戦争はまちがってる、勝つもまた、悲し」と教えてくれた若き見習い士官に

対して、骨身にしみこむ軍国教育を受けてきた私は、

「私なら喜んで死ぬ」

と言ったのです。

その尊い人間愛、戦争否定をはっきり教えてくれたお人を、私は日の丸を振って見送り、沖縄戦で死なせてしまいました。

「ご先祖さま」は、先立って逝かれた人すべて。

生きて在る日々は、自分の犯した加害者としての罪を確認する日々です。

お彼岸といわず、私には毎日が、「先立たれた人びと」との対話なのです。肝炎で安静にしていましても、外からはわからないさまざまな対話が続いています。

私は人間存在がいつまで在り得るのか、今の若い人びとが美しい未来を創り、世界の人間が互いに尊敬し合い、平和に、差別なく、自由に民主的な社会を創造してゆけるのかと、案じていますが、これまでも、これからも、一寸さきは闇。

このいのちの終わる瞬間まで、目が醒めますと、人にも自然にも、

「あ、お早うございます。ありがとうございます」

と、ご挨拶していたいのです。

骨壺ならんで

東京渋谷の恵比寿《えびす》に、骨壺専門店がひらかれていることを、テレビの「デイリースポット」の時間（一九九四年四月十三日）で知りました。昔なら「縁起でもない」といわれそうなことですけれど、今は、生・老・病・死が、刻々切実な問題となっている高年化社会です。五十六歳だという店主は、「自分の生きている間に、自分で選んでおきたい自分の骨壺を」と、三十四カ所もの陶磁窯から集められた蓋付の壺を展示していらっしゃるのでした。

ふつう骨壺というと、白い壺を連想しますが、ならんでいる壺にはそれぞれ地域の焼物の特色がみられます。東京には全国各地から人が集っていて、人は、何といってもふるさとの土がなつかしいもの。日常は花を活けて使えるそうです。

九谷《くたに》焼、益子《ましこ》焼、笠間焼、砥部《とべ》焼などの窯から沖縄の壺屋焼にいたるまで、さまざまな色や形、大小のちがい。それこそ、ふるさと志向を超えた好みにも限りない思いがより添うでしょう。

豊臣秀吉が、京都伏見の醍醐寺にのこしている愛用の黄金造り天目《てんもく》茶碗がありますが、やはり純金を好む人のためでしょうか、なんと一千万円という金の骨壺も置かれていました。

なつかしい方のお骨壺を思いだしました。

京都北区にある高麗《こうらい》美術館の初代理事長でいらした鄭詔文《チョンジョムン》氏のことです。きびしい日韓併合時代、母国を離れて京都に住みついた鄭一家の少年は、貧困と差別をこえて働き、学ぶ人でした。敗戦後、ふと古美術商の店先で高雅な白磁の壺に惹かれ、「これは李氏朝鮮の作、あなた方の先祖が造った壺」と教えられて、すばらしい母国の美しい力と、真の歴史を確認されたのでした。

朝鮮半島の良きものを奪うだけ奪った日本です。しかも高麗青磁や李朝白磁の作品を珍重しながら、そのすぐれた民族への敬愛をおろそかにし、迫害収奪の在りかたに反省がみられません。北も南もすべてが祖国。鄭氏は生涯かけて集められた品をすべて寄付し、財団法人高麗美術館(林屋辰三郎館長)を開館されたのでしたが、すでにご病気。四カ月のちには逝ってしまわれました。李朝白磁に心傾けて勉強しておられた若き金正郁《キムジョンウク》さんは、尊敬する鄭氏のために、白磁の壺を造って献じておられたとのこと。まさか、そんなにはやく急逝されるとは、誰も思っていませんでしたが、涙のこぼれるエピソードとなりました。

私自身は骨壺のおせわにならず、沖縄の清らかな海に流していただければありがたいと考えています。「あなたの骨なんか流したら、せっかくの美しい海がよごれるじゃないの」と笑われているのですが。そしてすでに埋め立てや赤土《あかつち》汚染でサンゴも死んでいるのですが。

ほんとに、どのお土も、どの川も、どの海も、たいへんですね。骨壺を選べるお方は、よほど恵まれたお人でしょう。

今日の新聞にも、赤道直下のアフリカで、ルワンダ内戦の戦火からのがれてタンザニアへの国境をこえた難民三十万人もの「着のみ着のまま」情景が報告されていました。肉親が多く射殺された中で、ひとり助かった少年もあって。

骨壺どころではない現実です。

あやまち重ねて

「ひょっとしたら、あのお薬師さまを、不動明王と書きあやまったのではないか」

突然そんな不安が心にきざしたのは、もう、ある雑誌に書いた連載が発売となる直前でした。校正もみせてもらったのに気づかず、ふとお不動さまへの連想から、ドキンとしました。

すぐ編集長さんへでんわしました。

「申しわけないまちがいをしてしまったようです。なぜこんなことになったのか……」と。いつも敏感に私の願いを察してくださる方は、すぐに来てわが不安を聞き、翌朝、できたばかりの新誌を持って、また来てくださいました。

「やはり、そうなっていました」

「ま、やっぱり」

何ということでしょう。私はやはり、神護寺《じんご》のご本尊薬師如来像を、不動明王像と記しています。不安が的中したのです。言葉よりもさきに涙になるつらさです。

三十年前の秋、京へ移住してまもなく、鮮やかな紅葉をくぐって高雄山神護寺へまいりました。

壮麗な金堂に坐って、すさまじいほどの精気を放たれるお薬師さまを仰ぎました。

「お前は何だ……お前は自分の罪を思い知るがいい……」

それは、痛烈にこちらの秘する心身の毒、虚構の悪を撃つお声でした。全身みなぎる緊張の表現、きびしくにらみすえるお目に、私はどこまでも許されぬ者であることを自覚しました。本質を見通す透徹のお目。

「はい。私は許されてはならぬ者でございます。重々の罪、つみ重ねております」

み仏の前にたって、このように「救いを拒否」されたのは、初めてでした。それまでも仕事のおかげで奈良、京都ほか、数多いお寺を廻り、すばらしい名像に逢わせてもらっています。そして美しい気高いみ仏に甘える、いい気な自分でしかありませんでした。その私が、強烈に突き放されたのです。

当然でした。許されなくても、許されるこわさがあります。許されてならぬことは、許されないのが当然です。私は自分の正体を知っています。「許されない自分」を告げられた感動に、畏怖をこえてさらに、にじり寄りたいありがたい存在。以来、幾度となくこの思いを書かせてもらった、私にとって深い意義をもつ尊像なのです。

だのに、事もあろうに、そのお薬師さまをお不動さまと書いてしまったのです。

次の朝、神護寺の谷内乾岳《たにうちけんがく》ご住職にご了解をいただき、ともかくお薬師さまの前にかけつけました。

「人のまちがいはあることだから」

と慰めてくださるご住職へのおわび。ご本尊のお裾にくずおれて涙するばかりでした。涙でぼうとかすむお薬師さまは、もうわがあやまちの多さにあきれ果てていらっしゃるのではないでしょうか。申しわけないのに、おそばにいるこの嬉しさ。

何をするにしても、勝手な私です。本来ならば、向後すべてをご辞退すべきと思うのですが、連載は「訂正文」を加えて続けよといってくださいます。わがあやまちをさらして、今少し、書かせていただくことになりました。

鬼の指

大江山の鬼の里は観光センターになりましたが、一九七一年創刊の「鬼の会」通信（編集・発行中村光行氏）は二五〇号をとうに過ぎました。そのうちの二六三号を読んでいて、「邪鬼の手の指は三本と決っている」とあるのに、はっとしました。

知らなかったな。

「鬼は外！」と煎《い》り大豆を外へむかって投げつけて不幸を払うという気分が好きでなく、むしろ、「やっつけるべき鬼の要素」が自分に濃いのを実感して、「鬼遊び」という小著の冒頭に、鬼ごっこから始まった一文を置いています。それは、

「人は、鬼だといわれたとたん鬼になる」かなしさ。
鬼とは「他の及びもつかない強さ、りっぱな力」を指す場合もあるんでしょ。
志を得ない鬼、怨恨の鬼、拗ね鬼、陰鬼。
かと思うと、

権力の鬼、金銭の鬼、収奪の鬼、卑劣の鬼。

「鬼は外！」のかわりに「鬼も内」とよぶ習慣を学んで。それもほんとうに尊敬に価する凛々しく勁《つよ》く愛を行動する志鬼は「いずこにか」と半ばかなしむばかりで、節分がさびしかったんです。その鬼の指が三本に創られてきたなんて、これまでいったい何を見てたんでしょう。いつ頃から家に在ったのかわかりませんが、すっかり飴色になってしまった象牙の根付《ねつけ》があります。昔は実用品だったし、これに凝った人びともあったようですが、うちのそれは、蛤型の内側にお多福さん、「鬼は外！」と豆撒いたばかりの右手ひらいた姿です。使いこまれてつやがあります。頬っぺたも、てのひらも光っています。貝型の背に逃げてゆく鬼が彫られているんですが、今回、はじめてその鬼をしっかり見て、気がつきました。

くやしそうにふりむきながら走ってゆく鬼さんは、なるほど、手も、足も、指が三本。

中村光行氏（鬼仙洞）の「あれこれ話」ではこうです。

鬼の思想では親指は知恵の指であり、人さし指は貪欲を表現し、中指に瞋恚《しんい》。そして薬指は愚痴、最後の小指は慈悲を表わす指だ、邪鬼の指三本は、知恵の親指と、慈悲の小指が欠けているわけ。

ですって。

どうもこの古根付の鬼さんを近々眺めてみますと、三本のまん中の指がぱっしり高いのは当然ですが、親指と小指とがあるみたいな感じです。ならば知恵と慈悲は備えていることになります。いろんな説や、いろんな表現があるんでしょうね。老女妖鬼自身であるわがてのひらをかざしてみます。手の背にまもられて、てのひらの線や渦は、砂丘の風紋のように刻々変化し、新しく創られつづけているのかもわかりません。他者には秘していたい内面や運命が、そこに顕現しているようですから。

てのひらが、いい触れ合いをするといいですね。やわらかなてのひらは知っています。日常の思いは、ほとんどてのひらを通して行動しますもの。

近ごろ小指の関節がいたむようになって、検査にはリューマチのおそれありとのこと。手を互いにさすってあたためていますけれど、指のこころが痛く身にしみます。

「ベナレス・ガンダー」

「ベナレス・ガンダー」と題した写真をいただきました。泥茶色をしたガンジス河に、ところどころ青草ののぞく浅瀬がみえ、その一つに一つの死体が流れついています。

カメラマン佐藤莫河《ばくが》氏の作品です。

美しい繊細な自然の気配、空をおおう大らかな木々の枝、そんな作品を見せてもらったあとで、この一枚を見たのでした。インドの風物、風俗、私の知らない土地の民家もありました。

インドへ行ったことのある画家や染織家、詩人など、多くの人びとが「インドへゆくと人生観が変りますよ」「もう、たいていのことに一喜一憂しなくなりました」などと、おっしゃるのを、ずいぶん前からうかがっていました。

そうでしょうね。同じ列島のなかでも、ほんの少し場所が変るだけで、思ったこともない気候や現象があらわれます。ましてや、インド。亜熱帯沖縄の激しい日光に照らされてさえ目がくらんで見えなくなる私には、とても仏蹟をたずね、インドを歩く力がありません。

「ガンジス河は、仏さまからごらんになると美しい河だそうですね。人間が見ると泥河、そして罪人が見ると、血みどろ河なのです」

と、きいたことがあります。本来は聖なる浄なるガンジスの流れに、身の罪汚れを洗おうとして、多く各地から集い来った人びとが、身をひたします由。

罪を重ねずに生きることは不可能な現実だからでしょうか、流れに添った上の道から見おろすように遠く写した写真の河は、血もまじった紫泥に見えます。一段下の石堤にたって河を見おろしている男女の目には、この小さな一点の屍の様子はもっと明らかにわかっているでしょう。

おびただしい人びとが河に入って頭から水をあびている情景は、泥さえありがたしと気にせずにいただく尊流ゆえ。恒河《ごうが》に屍を流せるなんて、よほど幸運なお人で、この死そのものを喜び感激していらっしゃるのかもしれません。大の字の形に死体があって。

見ている人も、そう思わないと、とても眺め過すことはできないでしょう。巨大な大河の、そのほとりに文明を生み、仏教思想や実践がひろまります。

人は必ず死にます。生まれた限り、必ず死ななければならないのが、いのちのさだめ。

だからこそ「殺すな」と叫ぶのですが、そんな声など、つぶやきにも似て、人間は人間を殺しつづけ、死ぬような目に逢わせつづけています。

「原爆の図」「南京大虐殺の図」「沖縄戦の図」「水俣の図」、その他、丸木位里、俊両先生の絵の数えきれない死者ののばす、足、胴の重なりにふるえた自分、それは「その残虐の場にいなかったからのふるえ」だと教えられました。

そのただ中にいたら、それにふるえる力さえなくなるのだと。いつか、ガンジス河を流れる死体を集めて、すぐそばで焼く薪の煙をテレビで見ましたが、こうした野焼きに慣れた群衆の姿でした。

「インド大好き。インドこそ人間の天然、正体そのものが自然に生きているのよ」

と、またインドへ発つ友があります。

猛暑で死に、洪水で死ぬのは常に貧困の人びと……。

ホンコンカポック

いつ頃から観葉植物が建物の内外に、いろんな緑や紅の葉を飾られるようになったのでしょうか。きっと、初めの頃はゴムの木やオリーヴなど、「まあ珍しいこと」「きれいね」などと見ていたと思うのですが、もう、何が置いてあっても当然みたいな気持ちで、いまさら、気にもとめずに通り過ぎていました。

その、観葉植物の鉢に、私は助けられたのです。

昨年暮の十二月八日、近くの解放センターで李順子《イスンジャ》さんのお歌がきけるときいて、たのしんでいました。それでなくとも気ぜわしない年末シーズン、思いがけない病気を発見した助け手が十二月一日に入院して、以来まったくあわただしい毎日でした。

何とか、会の始まる時間までに会場へたどりつきたいいっしんで、小走りにセンターへまいりました。とにかく、李順子さんの声と情と表現力、そのひたすらの美しさに、いつも「鳳仙花」を聞いただけで泣いてしまうのです。

センターの入口の自動ドアの前で、ほっとしました。ところが、私は二つ目の重いガラス扉が開いていると思いこんでしまったのです。向うが透けて見えるので、何人かの女性がそこにいらっしゃるので、走るように近づいて。

がっつんと、顔が扉にぶつかりました。

めがねがとびました。

そして私は、後ろへ倒れてしまいました。

驚きました。家の中でも毎日のようにちょっとした段差で倒れ、おじぎをすると安定を欠いて倒れる私ですが、こんなにみごとに、ガラス扉にぶつかって、町のなか、つまり家の外で派手に倒れるなんて、初めてのことでした。

中におられた方がたがとんで出てきて、私をたすけ起こして下さいました。めがねの右枠が割れていました。よくまあ、目に突き刺さらなかったこと。

倒れる時、左横の鉢がいっしょに倒れるのをチラと見ていました。入口に置いてあった二メートルほどの観葉植物の鉢が、私を抱いていっしょに倒れてくれたのです。おかげでどこも打たず、目のふちの衝撃だけです。

李順子さんの、在日ゆえのさまざまな悲しみや怒り、その中で味わう喜びや希望などのお話をきき、ひきつづいてお歌をきいている二時間ほどの間に、右眼の上が腫れ、ダウンしてきました。お話に、アリランに、やはり泣き、若い女性との童謡の面白さに終って、ご挨拶して帰りました。

湿布でひやして眠りましたが、その後、目のふちは水色、紫色、樺色などの隈取《くまど》りで、「一度見えを切りたいな」と笑ってしまうほど、すごい顔になりました。

ひょっとしたら顔に傷を受けたかもしれない、骨折して不自由になったかもしれない私を、いっしょに倒れて助けてくれた観葉植物のありがたさ。

せめてお名をとたずねて、その葉をいただき、二つ目の花店でようやく「ホンコンカポックだ」と教えられました。「二十年くらい前に流行《はや》った」葉なのですって。

「ありがとう、ありがとうございました」

と、一カ月ぶりに木を撫でさすりました。

四十三年の抱き人形

阪神・淡路大震災から立ち直る努力に心身ふるいたっておられるコープ・こうべ（神戸灘生活協同組合）から、何人かのお方がわが家をたずねてくださるとのお報せ、私は自分が、初めて神戸へ移り住んだ時のことを思いだしました。

私は一九五三年の四月に、複数生活から個にならせてもらいました。病歴ばかりで学歴なし。疲れ果てて独りにならせてもらったので、母のそばで胸に湿布してもらって眠りつづけていました。社会に出て働く資格も訓練もゼロで、どうして生きてゆけるのか、わかりません。ちょうど、灘生協の家庭会リーダーでいらした永谷晴子《ながたにはるこ》さんを紹介してくださる方があり、「私にでもできる仕事はないか」と、ご相談しました。

一九四五年から神戸市民となって白鶴酒造のみえる住吉町の柳地区に住んだのですが、何にもわかんない。「内職用に三十センチほどの小さな抱き人形を作る講習をしていますから、習ってごらん」と許されて、小さな手足をミシンで縫い、綿を詰め、お顔をまるめて端ぎれや色糸で目鼻をつけました。髪は黄色の毛糸で両方へ三つ編みにしてさげ、昔の羽二重の布を短かな服として縫いつけて終り。バザーや、寄付や、外国へも送るという遊び人形でした。

幼い頃を思いだしたママー人形みたいでしたが、なかなか、熟練に手間がかかって、すぐの収入にはなりません。永谷さんは「花を教えてみないか」とか、勉強相手を、などと何かと心くばってよく計らって下さいましたが、結局、当時出発したばかりの民間放送で「ハモンドオルガン一曲の演奏にのせる、四百字の言葉」を書かせてもらうことになりました。その放送用の原稿をまとめたのが「おむすびの味」(創元社)になったわけです。その新書判の本を、また組合員の方がたが売ってまわって下さいました。どなたも、どなたもご恩の方がたです。

私が京都へ移ってから一度、永谷さんが泊まりに来てくださったことがあります。あの内職抱き人形が共通の、そしておせわになった思い出。襖のかげに私はかくれていて、人形に襖をあけさせて「今日は」とご挨拶させた時「まあ……」と明るく笑って、なつかしそうでした。

今回、おみえになったお客様たちは、初対面の方ばかり、どんどん時代が移り、私もすっかり高年者。でも、机のすぐそばにたっている本棚の一隅に、あの抱き人形をずっと置いています。

今はぼろぼろ、しみだらけになってしまった人形を持ちだして、ネッカチーフで髪をおおい、灘生協でご厄介になった思い出を語って、ご挨拶いたしました。

一九五四年の二、三月頃作った幼い抱き人形。思えばもう四十三歳になりますね。どんなによごれても、私の社会出発の原点なのです。ちゃんと書棚から私を視《み》つづけています。

蓮の実からから

「花びら染」で有名な、京都の作者、中川善子さんの作品展を、昨年、鑑賞させていただきました。

ちょうど来合わせていた親戚、友人、それも布に関心のある人びとと共に「花びら染、見せていただこう」と。みんな「花びら染」ときいて一様に喜々として踊るような足どりでたのしげに会場へはいったのですが。

やがて沙羅・蓮華、桜、チューリップその他「ええっ」「まあ！」とおどろくように多様な花びらから引きだされた美しい染め色を、自由自在にさまざまな額《がく》に仕立ててある作品のすばらしさ、お仕事の深さ重さに声をうしない、いつしか誰もが粛然としていました。

ごいっしょにテレビへ出たこともあって、ずいぶん昔からよく存じあげていたはずの私も、華奢な優しい中川さんの底しれぬ創造力に圧倒されてしまいました。

どの花の花びらも軽く薄く……。

散るときが浮かぶときなり蓮の花

西本願寺系の大阪私立相愛高等女学校へ入学してから、何度となく聞いた蓮の句。泥池に蓮根をのばして息づき、中から、すっすっと茎をのばして蕾をつける蓮畑もよく見ました。あの蓮の葉の風にゆらぐ気配、雨露が蓮の葉の上で輝く浄さ、花は浄土の相に咲き開いて、その早暁、花咲くかすかな音がするのだとききました。

女学校二年で結核となって通学はおしまい。片耳しかきこえない私は、そのかすかな開花の気配も聞きとめたことは、ありません。

たった一枚の蓮の花びらでも、宝物ですのに、この花染には、どんなに多くの花びらを集めなくてはならないか、想像もできません。大量の花びらを腐らないように仕事場へ集めなくては、何の花であれ、花びらのいのち染めはできないのですから。

そして煮だして染め色をひきだす、それからその色彩に、糸や布を染めて自分の願う柄や絵に仕立ててゆく、中川さんが言われるように「花つみは重労働」でしょう。いい蓮畑の持主と出会われ、お盆、地蔵盆の切り花として出荷されたあとは「要るだけ摘んでいったらええ」と許されたそうです。

どうすればこのような壮麗表現が可能なのでしょう。

「蓮の花は、黄金色、金茶色、緑色、鼠色などに染まり、とても美しい。はじめて手にした蓮華は『飛天曼荼羅《まんだら》』になった」

と、作者ご自身が蓮の花色せかいに感動しつづけていらっしゃいます。

帰るご挨拶をすると、蓮の花びらの散ったあと、いつまでもしゃんとたっている花托の発達した茎を一本下さいました。

耳のそばで振ると中の種子がからからと鳴ります。蓮の実音楽です。

花びら染めに精魂傾けてこられた中川さんのご努力は、おのずから浄土に通うのです。沙羅の花びら染め「十二天曼荼羅四天王像」をはじめ、多様な仏像、曼荼羅となっていました。今も、蓮の実からからと振って、あの純境を思いだします。

可能性の絵

一歳三カ月の時、急性小児片マヒで左半身が不自由になられ、五歳の時、慢性硬膜下血腫のために脳手術などの苦難を経て、みごと迫力のある大作品を描きつづけてこられた岩下哲士《いわしたてつし》氏の著『絵がたり』（ＮＴＴ出版）をご存じでしょうか。

初めてお目にかかった時は、まだ十代でいらしたと思いますのに、先日久しぶりに伺った作品展では、「二十八歳の自画像」が出ていて、はっとしました。

『絵がたり』所収の自画像は二十四歳。どんどん立派になってゆかれます。

僕の左手は不自由なので、仏さまの前で上手に手をあわせることができない。なんでできないのかと泣いたこともあった。悲しくて、「赤い手」を描いた。

「これだけ手があったらな、僕なんでもできるのにな」

幼い時から絵の好きな哲士氏の心をよくよく大切にしておられるご両親が、あちこちの神社仏闇をごいっしょにまわられた成果が、おのずからの光にあふれて。

「哲ちゃん、もう心のなかでは、誰よりも上手に手をあわせている」（これはお母さま）

「これだけの手で拍手したら、すごい響きになるやろな。

『千手観音』を描いたとき、僕、幸せいっぱいの手になっていた」

それはすばらしい鮮やかな千手観音さまでです。ほんとに、どんなに壮重、壮麗な拍手音でしょうか。哲士さんは絵を描きながら、小さな生きもの、草木、虫たち、鳥たちの声はもちろん、風神、雷神をはじめ大仏さま観音さまのお声も、ちゃんと聞いたはる。

だから、タカもフクロウも、とんぼも魚も、みんなまんまるく、しっかり目をみはっています。するどく意欲的な目に見られると、こちらも気をとり直して「しっかりせんと」と、思います。

それはちょうど五月二十四日、浄瑠璃寺の佐伯快勝師から、

「延命地蔵様が還っていらっしゃる」

と、お報せをいただいていました。まだ浄瑠璃浄土をたずねられたことのない岩下哲士ご一家に、あの九体の阿弥陀さまの並ばれた本堂、池をへだてた三重塔のお薬師さま、ぜひとも九体寺にまいって、お地蔵さまのご縁に包まれてくださるよう、おすすめしました。初めておまいりした一

九六〇年以来、忘れられない浄境です。

展示のなかの大きな画面から、はみ出るほどにのびやかに描かれているかぼちゃを見ていましたら、お母さまがおっしゃるのです。

ほんとは、このかぼちゃは稔りかけたとたん、鳥につつかれ食べられてしまったんです。でもね、「鳥さんはお金をもって八百屋さんへかぼちゃを買いに行けないのだもの、これは、あげよう」って、その代わり思い切り大きなかぼちゃを描いたんですね。

私は、この巨大な、ふくらむだけふくらんだかぼちゃに対《むか》い合って「可能性無限」の実感にうたれていました。

不屈の日

「突然ですが、私の先生が作った備前焼をお送り致します」

「え？　私の先生ですって？」

びっくりして、送られてきた箱を開きました。渋く美しい備前焼のお湯呑み、これは上等です。ひょっとして酒豪だったら、グイグイぐい飲みに愛用されるかもしれません。

若い時から（今でもお若い男性ですが）、社会的に「障害児」とされて学校教育から切りすてられていた子どもたち、学習にハンデをもった子どもたちと「いっしょに勉強しています」（『ブックレットのぶっくれっと』岩波ブックレットNo.201）という座談会での発言を読んで、若さの理想を、深い現実から実践されているのを知った方でした。

この塚原功三先生のいらっしゃる塾から『学校から拒否される子どもたち』が岩波ブックレットNo.177で出ているのですが、そのご家庭は、同じ愛の心に働かれるすてきな星子《ほしこ》夫人と、愛らしい二歳の夢帆《ゆめほ》ちゃん。いつお逢いしても楽しい喜びが生まれます。

今までたくさんの子どもたちと出逢い、支えられてきました。私が大学を出て、塾でさいしょに出逢った貴好くんは、とても頑張り屋でユーモアのある子。高校へ進学し大学受験は不合格でしたが、高校の時出会った陶芸の世界へ進みました。（中略）アッという間に七年がたち、「今度、秩父に窯を開くことになりました」。

塚原功三先生は、どんなに嬉しかったでしょう。十年ぶりの再会に秩父で出会われたようですが、明るく元気な貴好くんのこれまでの陶芸修業が、「何度も逃げだそうと思った」とか、「車を運転している時など、このまま突っ込めたらと思うことがあった」と言われたそうです。何事によらず、誰だって、自分が自由に「まあまあ、これなら」と思える仕事ができるようになるまでには、こういう思いを繰りかえすのではないでしょうか。

岡山の備前焼窯元で、しっかりと土と自分のせかいを創りあげてきた神山貴好氏が、縁あって秩父にひらかれた備前焼の窯、それはなんと「不屈窯」と名づけられていました。

さまざまな個性の子どもたちと出逢い、人間のおもしろさや美しさ、強さと弱さを教えられ、子どもたちを通して、社会や教育の矛盾について考えさせられました。

子どもたちは私にとっていつも優しく、厳しい先生でした。貴好先生には「この十年、お前は何をしていたのか」と、お叱りを受けそうです。

ちょうど沖縄のコロニーセンターでも「障害者でなければ造り上げることができない」陶芸の探求創造がすすみ、「琉球焼・てだこ窯（「てだ」は太陽の意）」のコーヒー・カップをいただきました。持ちやすく扱いやすく、ありがたいカップ。作者名・きよさね。

貴好と印のはいっている「初窯で焼いた作品を〝ぜひ岡部さんにも〟」と、功三先生が送って下さったお湯呑みに水を張って、庭にこぼれていたという四季咲桜の一枝を、助け手が挿してくれはった。

これがよく似合うんです。形に、色に、調和があって、思いがけない喜び不屈の日です。

名を知らないいのち

母が喀血したとき、父に許しを得て小さな借家を借りて転地療養いたしました。私たち兄妹の結核を次つぎと転地させて抑えてくれたのは母のおかげ。その母の病気を安らげようと、母の妹に当る大阪府泉北郡伽羅橋《きゃらばし》の叔母の家の筋向いに移ったのでした。

まさか、大阪が空襲されるとは誰も思わなかった頃です。でも、一九四五年三月十三日から十四日への深夜、米Ｂ29の編隊は大阪を大空襲、それによってわが家も仏壇をはじめ、公私さまざまな物を炎上させたのですが、母と私とが伽羅橋に移っていたので、思いがけなく助かったのが古い写真帖でした。そうでなかったら、あの時、それまでの写真はみんな無くなってしまったことでしょう。

一九九九年になって、今年も星野富弘《とみひろ》さんの詩画集カレンダーをめくりました。人の不幸がいつくるか、体育の先生だった星野さんは事故で寝たきりになり、口に筆を含んで詩や、絵や、散文を描き、書き綴っていらっしゃいます。さあ、今年は何から始まるのかな……。

美しい紅い花びらの草でした。そして。

花の名前を　知らない
そのことが
今朝はばかに嬉しい
花だって　たぶん
自分に付けられている
名前を
知らないで咲いている

どこに咲いていた花の写生なのでしょう、きんれんか、という花だそうです。私はうれしくなりました。「花だってたぶん、自分に付けられている名前を知らないで咲いている」って、私の思いとおんなじです。この方のお作品を見ると、いつも共感に心がゆらぎます。私はきんれんか、を存じません。見た記憶が無いまま、人は見たつもりで見過していることが多いのではないでしょうか。（「不思議いのち」扉画参照）

暮の整理の時、一九七〇年十一月九日号の『週刊文春』が見つかりました。なんと一番最後の頁、「わたしの一枚の写真」に、自分の選んだ写真がのっているんです。「何でもいいから自分の好きな一枚を」と編集部から言われて、古い写真帖を調べ、結局、生後まだ半年と思われる赤ん坊の時の一枚を渡していました。私にとって、いちばん抵抗のない写真です。それは写真に映っているのが、

「自分が人間であることを知らぬ人間。自分が何かを知らぬいのち」

だからです。

「この子の心をわたしは意識に記憶していない。たしかにわたしなのだろうが、わたしの知らないわたしである」

自分が伊都子という名だなんて知らない、人間であることも知らない赤ん坊。そのそばに今から二十九年前の私の写真も小さく添えられています。

一九七〇年という節目のときは、北白川の家でせつなく若い人びとの闘いを思っていました。

病気伊都子の一生でした。枕にひびいてくる学生の闘いでした。

色のふしぎ

美しい上衣をいただきました。

お手もとにあった布を活かして、染め、そして仕立て、適当な箱に入れてリボンで包みあげた、おひとりのお心。もう六十年近い昔、まだ少女だったお方、山下満智子さんと知り合って以来の、長いおつき合いです。

私は長い間、着物が好きでしたから、満智子さんは洋裁が大好きなのに「何にも縫うたげられへん」とおっしゃっていました。でも年を重ねてからは、古い着物をどんどん服にしてくださり、今度はこんなたいへんないただきもの、恐縮しました。なんとも、いい色なんです。

「赤米のもみがらと糠《ぬか》、布と同目方のもみがら。みょうばんティースプーン半杯、酢少々、ホーローの器」が要るのですって。

その製造、染の段階なんて、とても書けません。これは、自分で体験しないと無理でしょう。ちょっとしたくふう、気の入れようですっかり変ってくるのではないでしょうか。

ともあれ、居合わせた皆が「これは何という色やろ」と気にして、ありあわせた山崎青樹著『草木染・日本色名事典』(美術出版社刊)というのをひろげて、美しい色の見本を、あれかこれかと調べてみました。

持ってきて下さったばっかりの上衣を、その色見本の上にのっけたり、近づけたり。

「これや、これや」

と思っても、ちょっとちがうんです。

よく似た色の名は、灰桜、薄墨桜、虹色、虹染、鴇羽色《ときわいろ》、朱鷺色《とき》、退紅色《たいこうしょく》……数え切れません。ほんとに微妙な淡紅色。

「ここはうまくゆかなくて、まんだらになってるんですよ」

と肩をすくめられるけれど、もう私には、それがよくわからないのです。深い紺色のスラックスの上に、着せてもらえば、軽快でしょう。

でも、この「色の造り方」をみても、時代によって大変ちがうのだと、ご苦労のほどが感じられます。

延喜式《えんぎしき》縫殿寮雑染用度条に「中紅花《べにばな》貲布一端。紅花大一斤四両。酢八合。藁一囲。薪四十斤」ですって。これまたとても引用することはできません。色、のふしぎ。居合わせた六人が、つくづく、「ふしぎ色」を感じました。

日常の地道な暮しを過すなかに、どうすることもできないふしぎがあるのに、どきんとしながら最善をつくし、思いがけない出会いをも喜びとして創られたであろうことが思われます。

藁《わら》の力の大きさを、思い当らせられるのは、現在、藁をアテにしない暮しの形が多くなっているからでしょうか。私は古い火鉢に、いただいた藁灰をのせて、炭を使っています。もう少し若い力があったら、満智子さんに教えてもらって自分の色をたしかめてみることもできるのですけれども。

「あ、藁灰の上に落ちたかて毒やない」

と、網から落ちた魚をもすぐ藁をはたいていただくのが、やっとです。

変化こそ　真理

この題は、韓国の詩人高銀《コウン》氏の「大同江のほとりで」という詩の中からひかせてもらいました。民族文学作家会議常任顧問でいらっしゃる高銀先生は、金大中《キムデジュン》大統領とともに南北首脳会談のために特別随行員として、平壌《ピョンヤン》へゆかれたのです。

たびたび述べましたが、二〇〇〇年五月十六、十七、十八日の三日間、私は生まれて初めて韓国の土を踏むことができました。古代からのあらゆる文化の祖である朝鮮半島。

けれども日本が朝鮮半島に対して武力で併合した明治四十三年以降、どんなに残虐な加害の事実を重ねてきたか、それを思うと、いまさらにつらく申し訳ない思いでいっぱい。私は五月十五日の日本の森首相（当時）のことを知らずにいましたら、韓国の新聞、テレビでそれが知らされたらしく、

「また、日本は悪い国になりましたね」

と有識者の方がたに言われました。

「天皇を中心とする神の国である……」と首相が語ったという神国皇民史観。その「神国日本」

にとことん自由、人権、芸術、生命を奪われた韓国の人びとの恐怖、憤りを実感しました。

以前、うちへ来て下さったことのある高銀先生ともソウルでお目にかかって、ごいっしょに京都の「耳塚」や広隆寺の弥勒さまへおまいりした思い出を話し合いました。先生は耳塚の前で五体投地されて、豊臣秀吉に殺された先祖たちの霊を偲び、弥勒菩薩を一目見ると「コリア……」と涙の合掌をされたことを思いだします。

五月には想像もできなかった「南北首脳会談」のニュースが六月十四日のテレビに流れて、じっと見ていた私は「あら、あれは高銀先生とちがうかしら」と、目をまばたいたのでした。南北の人たちがいっしょに歌われている「願いは統一」の声のなかに、先生もいらっしゃったのです。

金大統領と、金総書記の前でみずから朗読されたという長詩「大同江のほとりで」の全文が、七月十四日付の『朝鮮時報』に掲載されていました。

何のために、ここまでやって来たか！
眠れぬ夜を明かし　この朝にのぞむ大同江の川面は
昨日であり　今日であり　また明日でもある
同じ青いさざ波　時はまさにこのようにやって来ている
変化の時は　誰しも止めえぬ道となり　今やって来ている

変化こそ　真理

全部はとても書く紙面がありません。

過ぎし日のあらゆる過ち　あらゆる野蛮　あらゆる恥辱をみな埋めつくして
まったく新しい民族の世を仰ぎみつつうち建てること（中略）
統一は以前ではなく
以後のまばゆい創造でなければならない（下略）――金学烈訳

真実、まごころの詩です。

生きている刻々

何という天然の猛威。

二〇〇〇年九月五日、伊豆七島のなかの三宅島は朝から大雨が降って泥流が三カ所で発生、昨日防災関係者以外のすべての住民の避難が完了した島とはいうものの、防災活動に従事している四百人ほどの人びとのご苦労は、どんな具合かと、胸いためずにはいられません。

富士山は今でこそ噴煙は見えませんが、気流の渦は吹き上げている由、富士火山系のつづく伊豆各地の人びとの不安を思いますと、何もできないつらさに、身一つで避難してゆかなければならない方がた、そして親を離れて東京の学校に集められた全島の子どもたちの思いが察せられます。

富士山も旧火口いっぱい。古代その噴煙に悩んだ人びとの歴史に、いつ、何で、苦しむことになりますか、喜びも、苦しみも、いのちそのものなのですね。

思いがけなく北海道の紋別《もんべつ》郡《ぐん》滝上町《たきのうえちょう》に在る町立図書館からお声がかかって、八月二十六日の夕方、図書館まつりの行事の一つとして「呼びおこす・こころ」のお話をする約束をしていました。

私の本を読んでいらっしゃる方がたが実行委員会を創って待っていて下さるというのです。

『泥流地帯』で思い出す三浦綾子先生のいらっしゃった旭川の空港へまいりますので、亡くなられた綾子先生を、長く深く大切に守られた夫君、光世《みつよ》先生にご連絡しましたら、

「滝上町は、私に縁のある土地なのです」

と、言われて、びっくりしました。

よろよろで歩けませんので、いつもおせわになる論楽社《ろんがくしゃ》の上島聖好《うえじましょうこう》さん、興野《おきの》康也さんが両脇から支えて下さり、少女の頃からお友だちの山下満智子さんも、私の著書を何冊も編集して下さった高林寛子さんもいっしょに行って下さいました。

旭川空港へは、滝上町から実行委員会の方がたが、くるまで迎えに来ておられ、すぐ、滝上町へ向かって何台もが走り出しました。旭川から滝上まで二時間をくるまで。美しく整えられたメイン・ストリートが、どこまでも続いています。ほとんど他の車影を見かけない。人影もない静かな舗装道路……。大阪でも京都でもここまで静かな道はありません。

約三分の二になった頃、お山をくりぬいた浮島《うきしま》トンネルが始まりました。くるまトンネルの多い各地ですが、このトンネルも広くて、しんと静かで、私はドキドキしました。この巨大なトンネルがどうしてできたのか、誰が工事をしたのか、掘った人たちのご辛苦を思うと、すいすい通らせてもらう厚かましさに緊張しました。

やがて、滝上町の渓谷、たきのうえホテルへ。この整ったホテルのフロックスホールで、集ま

りがあるのです。知らない方がたに笑顔で抱きおろされて、ホテルへはいりますと、そこには先に到着しておられた三浦光世先生が待っていて下さいました。うれしくて安心して、今夜の私の話の前に、滝上への思いを話していただくことになりました。

亡き三浦綾子先生も光世先生とごいっしょに、この芝桜《しばざくら》の里へ来られたエピソードを思って、「どんなにお喜びだったかしら」と、なつかしくて。

町の教育委員の方がたが来て下さったので、

「浮島トンネルはどこが、誰が造ったのでしょうか」

と伺いましたら、国の事業だったそうですが、何人かの作業員が亡くなられた事実がありました。

「フロックスホール」でつたない話を夜九時に終わりましたら、可愛い人が花束をもってきて下さいました。思わずしゃがみこんで頬ずりして、お花をいただき、この四歳という「さくらちゃん」と、すっかり仲良しになりました。

各地から宿泊予定で来て下さっていた方がたもあって、もったいない一泊でした。翌日十時、また皆さんに送られてくるまに乗せてもらいました。滝上町図書館まつり、その図書館の前を通ってにぎやかに集まっている方がたに敬意を表して、また旭川まで実行委員会の矢作《やはぎ》嘉博様に乗せていただきました。再び、浮島トンネルを通ります。

「すみませんがどこかでちょっと止めて下さい」

とお願いして、さっそく止まったくるまから降りました。そして、煤《すす》に濡れているトンネルの壁に両手をあてて、この工事をなさって亡くなられたみ霊に感謝の祈りを捧げました。気がつくと、三浦光世先生も同じように祈っていて下さいました。ものの一、二分、それでも両手が黒ずみ、後ろの席の高林寛子さんが濡れティッシュを下さったので、光世先生も私も汚れを拭き取ることができたのでした。いのちこもる三、三三二メートル。

胸いっぱいのまま旭川市にはいって三浦先生のお宅へ寄らせていただきましたら、何とお食事の用意をして下さっていました。光世先生が綾子先生を守られた配慮。私にも、

「そのソファでちょっと横におなんなさい」

と言って下さったので、綾子先生と同じソファで横にならせてもらいました。

あと、すばらしい丘の上に造られているお二方のお名やお歌の刻んであるお墓におまいりし、『氷点』物語ゆかりの地に建つ「三浦綾子文学記念館」にはいって高野斗志美《たかのとしみ》館長さんともお逢いしました。そして綾子先生の原稿や、本の扉に心をこめて書かれている光世先生への愛のお言葉を読ませてもらいました。

真に敬愛し合う愛の讃歌……。ここへ入ることのできた人びとは魂の感応に感動するでしょう。ああ、もう旭川空港出発の時間。お見送りの方がた、同行の上島・輿野様ともわかれて山下満智子様と帰途につきました。

骨壺の子

八月。二〇〇〇年八月……。

無限に沈黙を守りたい思いと、憤り絶叫してやまぬ思いとが、こもごもに起こります。

あれから五十五年、八月六日の広島と、八月九日の長崎と、そして八月十五日……。

被爆者としての苦痛、その悲惨を体験、公立高校教諭、教育研究所長を経て、もう七十九歳となられた今も、『広島文学』、歌誌『火幻』などをつづけていらっしゃる豊田清史《せいし》氏から、一枚のコピーが送られてきました。それは、思いもかけない土門拳氏の書かれた色紙。

骨壺《つぼ》の
子も聞け
　虫が鳴いている

一字一字、鄭重《ていちょう》に心をこめた端正さで記されています。

以前（一九六〇年）、私が写真展を東京、大阪、神戸で催していただいた時、東京会場へ来て私を励ます色紙を下さったことがありますが、なつかしい、その写真家土門拳氏の色紙は、なんともリンとした字でした。

豊田氏は「字も印も見事」と書かれています。豊田氏がすさまじい原爆の炸裂《さくれつ》で、一瞬のうちに壊滅し廃墟《はいきょ》となった広島で、「原爆の子の像」を造っておられたとき、土門拳氏は「ヒロシマ」を撮りに来ていらしていたそうです。

原爆被災をテーマにした写真集「ヒロシマ」。その広島現地を踏まれた土門氏の、「自分はなぜこんな目に逢わなければならないのか」ということさえまったく知らずに殺されてしまった広島の子どもたちへの、しんしんとした切ない気持ちが、見る者の心にしみてきます。

豊田氏は、

「ドームの原爆第一号吉川清氏のバラックに立ち寄ったら、『今朝、あなたに渡してくれと彼は言い残して長崎へ去って行きました』と、この色紙をもらった」

のだそうです。夏には必ず部屋に額にかけて見入っているとのこと。

土門氏は『筑豊のこどもたち』でも、あの廃炭坑、貧困にあえぐ、るみえちゃんたちへの切ない仲間愛あふれた写真がいっぱいあります。どんなに「こどもたち」を大切にしていらしたか、それを蔭ながら知っている私にとって、この句の文字の立派さに、格調の高さに、こちらの姿勢を正さざるをえません。

もちろん、私のいただいた私への色紙の文章も、字も、優しい風情が漂っています。けれど、この「骨壺の子」は、白骨になってしまった、いや、白骨さえどこかわからなくなっている広島全土の骨への呼びかけでしょう。

「核兵器廃絶を！」

被爆国日本は世界各国に積極的に呼びかけ、戦争、差別、敵視の世から、互いに尊敬し合い、愛し合う人類社会を創《つく》らなくてはなりませんが、核廃絶を行動する国はどこか、世界中を殺す力を見せびらかす米国をはじめ、不安ばかりです。

「骨壺」、そこへ収骨された子はほんとに少ないのです。それどころではない一瞬の殺人光線に広島市が、そして長崎市が、全部、骨壺と化したのですから。

友梨子ちゃんの操船

一九九九年、『未来はありますか』という小著を出しました時、この書名にドキンとしたという お便りをたくさんいただきましたが、私自身、いつもそう言わずにはいられない不安をかかえていて、講演のたんびに、この言葉を言う結果になっていました。

科学、化学、文明はとても私などの考えの及びもつかないところにゆき、一方で、世界各国に暮している人びとの民族や文化、宗教、伝統のちがいが、なお差別や敵視、闘争をつづけています。そしてさらに、これまで考えたこともない展開がつづいてゆくでしょう。

有名な英国物理学者スティーブン・ホーキング博士が「このほど出版した自著の中で、人類は今後千年以内に災害か地球温暖化のため滅亡すると警告。唯一の助かる道は、人類がどこか別の惑星に移住することだと訴えた」（ロンドン十月一日DPA＝時事）という記事が十月二日付『京都新聞』に掲載されていました。

人類のはじまった昔、太古の動物時代から、どういういのちも必ず終わる時がくるという実感はあります。だからこそ、お互いを敬愛して仲よくし、残酷な事件や戦争のない平和を創ってゆかなくてはならないのですが。

ノアの方舟《はこぶね》……。

人類の堕落による総破滅からまぬがれて方舟に載った人びとが、新しい人世界を創られ繁栄し、継続してきたわけでしょうが、みすみす助かる人数が決まっているなら、他の人を助けて、自分は覚悟して消える人だっているでしょうね。

まだ千年もあるのかと、私はもうすぐこの世にいなくなっている自分を思い、終わりまでの年月を人類として生きていらっしゃる方がたの最善を願いました。

ふと思いだしたのはこの七月、明石海峡で起こった事故のこと。レジャー用モーターボート（五・六トン、全長八・一五メートル）に一家全員のって海へ出た姫路市、大浦生也さん（37）の長男正晴ちゃん（6つ）が転落し、大浦さんがすぐとびこんで正晴ちゃんをかかえたけれど、溺れてゆくのを見た妻の晶世さん（32）が悲鳴をあげて救命具を投げたがダメ。いっしょにボートに乗っていた友梨子ちゃん（8つ）、明典ちゃん（3つ）に「じっとしていなさい」と言って自分も海に飛び込んだといいます。

ボートの上には友梨子ちゃんと明典ちゃん。どんどん潮に流されて視界から両親の姿が見えなくなった友梨子ちゃんは、以前にお父さんに操船させてもらったことを思いだしながら、なんとか船を操って明石浦へたどりついたそうです。

ちょうど防波堤で釣りをしていた藤田徹さん（42）が、接岸しようとして岸壁に接触、失敗しているボートを見つけて、ボートに飛び移り岸に着け、無事だった子どもたち。

友梨子ちゃん、明典ちゃんのお写真を見ながら、その刻々に最善をつくしたお心、お力を思って、涙しました。

よく見つけて助けて下さいました藤田さん。ありがとうございました。

声なき敏感

その近くに住んだことがありますだけに、気になっている太秦《うずまさ》の千石荘児童公園にハト十羽が死んでいたとのニュース。

目立った外傷はなく、血や泡を吐いたような跡もなく、公園のあちこちで死に倒れていたといいます。もう一羽、弱っていたのを、近所の人が手当していらっしゃるとか。何が原因で死んだのでしょうか。空中から公園内に落ちてきたのを目撃した人もいるのだそうです。

空気。吸って飛んで墜落しなければならなかったと、ハト十一羽は何を語っているのでしょうか。くうくう優しいハトのいのち。賀茂川岸でやはり何羽か倒れていた昔を思いだして、人間の知らないわからない現実がいっぱい存在すること、何かを教えているにちがいない他のいのちの訴えに心ひそまります。

虚弱な私は、京都へきてはじめて渡辺武《たけし》薬学博士のご指示によって、漢方医療、薬草のおせわになりました。薬草、毒草は紙一重。これも、長い年月、中国で体験された物言わぬ草の真実相が、数えられない人、獣、鳥などの身体を助けてきました。

地球全体の温暖化によって、天変、異変が起こっているようですが、世界中からニュースは集まっても、刻々、何が良いのか、良くないのか、一民衆にはわかりません。

ご研究による解明の樹木医もいらっしゃるでしょう。二〇〇〇年十月二十五日、環境庁が十二年ぶりに実施している「巨樹・巨木林調査」の中間報告によりますと、幹回り三メートル以上のスギやケヤキなどの巨木が新たに八千八百五十本確認されたそうです。

十二年前の第一回調査で見つかった五万五千七百九十八本の巨木の追跡調査もされたそうですが、調査に加わった市民団体は、

「一割近くが枯死しているのではないか」

と指摘。全市区町村の担当者、そして巨樹を愛して追跡調査をつづけて下さる市民団体に感謝いたします。

いのちあるもの、必ず滅する……わけですが、こちらにはきこえなくても、草木にはすべてに思いがあるでしょう。

まして巨大な木々。何を見てきはったやろ、何か言いたいやろと思いますね。

「巨樹を描いて二千枚……」という全国各地の巨木をたずね、人の知らない場所、多くの人の視《み》にくる土地、いろんな巨木を描いてこられた平岡忠夫画伯は、どうしてそこまで巨木に打ち込まれたのでしょう。人間の思い描く夢よりも、もっと大きな、もっとすごい実体と出逢って、す

ばらしい夢道をたどられたのかと、思っていました。

そのインタビュー番組で、「巨樹がどんなに敏感なのか」、巨大な木が、すみずみまで細やかで気象にも他のいのちにも敏感なことを教えられました。人間の語りかける言葉に敏感に反応する巨木のデリケートな美しさ。その巨木と心通うお方なればこそ二千枚の絵を描かれ、その次の絵を描かれるのでした。

また 起きあがるのさ

ちいさいから踏まれるのさ
弱いから折れないのさ
たおれても
　その時　もし
ひまだったら
しばらく
　空をながめ
また 起きあがるのさ

家のなかの一番よく目につくところに、星野富弘《とみひろ》氏作のカレンダーをかけています。星野氏は、体育の先生だった若い時、首をいためてそのまま、車イスのお人になられました。

美しい魂からあふれだす、切ない詩、尊い詩。世界中の人の心をうつ作品に、気高くリンとした昌子《まさこ》夫人といっしょに、あちこち旅されています。

沖縄へもゆかれて、たいへん気に入りました由。「元気になったよ」のお声に、うれしくて涙ぐみました。昌子夫人とはすべてが感応し合う同志なんです。ほんとに、よくこのお二人が愛し合われたもの……と、感謝せずにはいられません。

お口に筆を含んで、思いを書き、絵を書き、詩を作られる富弘氏、大切に介護される昌子夫人。お二人の創造は、あの三浦綾子先生の壮大な小説せかいを支えて、次つぎと綾子せかいを展開してきて下さった夫君、三浦光世様のことと重なって、神の愛に守られていらっしゃる実感に、ふるえずにはいられません。

三浦ご夫妻も、星野ご夫妻と仲よく、尊敬し合っていらっしゃいました。

他にも詩の頁がありますのに、この詩のところをかけたまま、もう三カ月……。それは、この詩が、自分の思いそのままだからです。お手伝い下さる方も、私の思いに共感して、

「ほんとにそうですね。とくに〝弱いから折れないのさ〟なんて、そのまんまでしょう。岡部さんはほんとに弱いもの。寝てばかりいるのに、まだ生きてはるもの」

と笑うてくれはります。

幼い時からの虚弱児童は、満七十七歳となる二〇〇〇年三月も、弱虫のままです。そして踏ま

れつづけていますよ。でもさ、ありがたい。

「弱いから折れないのさ」

気楽な「弱虫」は、自分がそういう弱い実体しか持てないまま、「人間」の形に生まれてしまったわが正体を認めて、それを悩んだり、後悔したり、他のせいにしたりしないで、是認のなかで最善の道をと、できるだけ努力するのがよろこびでした。自分は偉いんだ、自分は他の人とはちがって賢いんだと思いこんで、他の存在を見下げ差別する人、集落、考え方がありますが、私はどんなに立派な立場の人であっても、他を見下げる人を尊敬することができません。

「たおれても、その時、もし、ひまだったら、しばらく空をながめ」は、星野さんのお母さまが、いつも励まして下さったお声。

「また　起きあがるのさ」

そこがいいんですね。それを喜んでくれる人がいるか、いないか。たとえ誰もいなくても、まず、自分の可能性を大切に「また　起きあがるのさ」と言いたい気がします。

この頃はロックなど、自分の好きに歌う唄が多くありますね。ときどき、私も勝手なメロディやリズムで言いたいことを歌っています。

「……のさ」「そうなのさあ」と。この「さ」に、思いがこもるんですよ。

あ、また地震！　覚悟が「起きあがるのさあ」

鉛筆のちから

二〇〇〇年八月十五日です。花あかりをともして、般若心経をとなえていますと、戦死したすぐ上の兄が、すぐそこにいるような気がしました。

戦争という、人間が人間を殺すことへの憤りが、よみがえってきます。生まれた時から、一九四五年の八月十五日を迎えるまで、私は、神国日本の皇民として何かにつけて天皇陛下の御為に喜んで死ね、と教育されてきました。

この八月十五日、朝鮮半島では「光復節」として北も、南も、喜び合われました。日本が神国意識で武力で脅して朝鮮半島全域を日本植民地として併合、その三十六年間、名や、芸術、宝、そして土地、物資、何もかも奪った日本。強制連行して男性は労務者、女性は性奴隷にした……その間、どれほど多くの朝鮮民族の生命がみすみす殺されたかわかりません。

二〇〇〇年の五月、両脇を支えて下さった友人、知人とともに、初めて韓国へまいりました。どこもどこもつらい思いでした。光州事件二〇周年の光州市に建てられている追慕塔を、拝みました。

ここは当時の韓国軍事政府が、市民を圧迫することに立ち上がって、あくまで個人、市民、人間の自由、人権、民主的政府を求めた民衆の、みごとな平等への闘いの聖地となっています。

ちょうど、その時、日本の首相が「日本は天皇を中心とした神の国である……」と発言したことが韓国の新聞にも掲載されて、有識者の方がたには、

「また神国……日本は悪い国になりましたね」

と、驚いていらっしゃいました。

歴史の悪しき繰り返しは、美しい未来をと願う私どもの許せないことです。かつて幼かった私に、学校教育でも社会でも、町内でも教えこまれた軍国主義思想を、今の幼い人、若い人には強制しないでもらいたいと、高年者である私は思っています。

昨日届いた、未知の男性のお手紙に、

「日本は主権在民の憲法をもっているのに、なぜ『君が代』を歌うのか」

とありました。在日の方がたも、

「日の丸・君が代で母国めちゃめちゃにされて、流れてきたことを思うと、小学生の子どもたちでも『私は歌わない』と言います」

といわれています。

心痛む「強制」からは、自由でありたいものです。この間、広島の被爆体験を書かれた方の著

書を読んで、一本の万年筆で、みごとな実践をされたことに感動したものです。

美空ひばりさんが、「一本の鉛筆」という反戦平和の歌を歌ったのは一九七四年の第一回広島平和音楽祭の出演の時だったそうです。松山善三作詞、佐藤勝作曲。

一本の鉛筆があれば
戦争がいやだと私は書く
八月六日の朝と書く
人間のいのちと私は書く……

この歌を聞きたいですね。

この全詩を知りたいですね。

どうか、小さいお子さんも、私たちも、一本の鉛筆を大事にいたしましょう。「平和！　平和！　平和！」と書きます。

小さな大宇宙

机の上に原稿用紙を置いて、電気スタンドをともします。書こうとする原稿用紙の上に、小さな小さな、ものの一ミリか二ミリと思われる羽虫がどこからともなく飛んできて降りています。

「あなたは何というの？　どこからきたの？」

そんな心の独りごと。

自分が虚弱な生まれつきなので、小さな存在のいのちを踏みにじることは、とてもできません。

夏の座敷になった二階へ客人をお通ししたら、はじめて二階へ上ったということで、町なかの古い町屋《まちや》の御簾《みす》仕立などをなつかしそうに見て下さってました。

細かな簾《すだれ》の目、もう今ではハイカラなマンションのお宅が多いので、昔のこうしたお職人の細心の仕事はご存じない方が多いのですね。

座卓の上に置いていた小さなガラス瓶に、折から咲きだした「どくだみ」の花が挿してあります。

「この花、何の花か知っていらっしゃる？」

と訊くと、「わからない」とおっしゃってました。濃い緑の葉に小さな白い花が咲きます。

「どくだみというのですけれど、十薬《じゅうやく》とも言って薬でもあるんですよ。それにそら白い花びら四枚で、十字を示しているでしょう。キリスト者は大事になさいます」

小さな白い花は、茶の花にも通う美しさ。茶の花の白が淡白なのに比べますと、どくだみの色彩には分厚い量感があります。

この間、両脇から支えられてほんの二、三日行った韓国で、小さな公園の道を歩いていましたらほんとに可愛いリスが何度も目の前をちらちら走って、思わず、

「ご無事でね、リスちゃん！」

と挨拶したのでした。ふつうのリスの三分の一くらいのおもちゃみたいな姿でした。

目には見えなくとも、この土の下に、この石の奥に、どんないのちがひそんでいるのやら。どこにいましても自分もまた、それらの存在に支えられていることを、感じます。

私は小娘の時から鈴が好きで、のれんの裾や、くず籠に鈴をつけています。鋏にも鈴をつけて、音楽とはいえないチロチロとなる鈴の音に安らいでいるんです。決して大きくはない抱き人形でも、とくに小ちゃな脚が好きで、衣裳の下にかくれている小さな足裏を、このてのひらで温めています。

本棚に並べた本の前に、いろんな方からいただいたおみやげの小さな石仏、石像などが並んでいます。もうこちらの消える日も遠くないので、思いつけばすぐ人さまに献じているのですが、

どれにも、いのちを連想するので、忙しいことです。

私は、ほとんどお酒を飲みませんのに、盃が気に入っています。

老舗の大売出しや、デパートの売場で、ふと目についた盃があると求めてしまいます。客人をおもてなしして、「好きな盃だ」と言って下さると、一つでももらっていただいて、軽くて美しくて繊細な盃。

その酒をたたえるべき器の空間に、私は宇宙を感じるのです。夢の盃、ありがとうって。

転居歴の一生

転々と、転居歴を重ねたのは、生まれつき虚弱な体質だったからです。何がいいのか、よくないのか、誰にも何とも言い切ることはできませんが、家族の誰もが、私が満七十七歳を超えるまで、生かせてもらえる子だとは思っていなかったことでしょう。

「もう死ぬ、もう死ぬ」とみんなに思われ、誰よりも私自身がそう感じ、そう意識したのに、ふしぎですね。これは弱い子だからこその特権を両親が大切にしてくれたからではないでしょうか。

大阪市の西区、俗に瀬戸物町《せともんちょう》といわれていた横堀の両岸にある通り、この通りには、全国各地の陶磁器を扱う窯元が、卸《おろし》問屋の店を出しておられました。うちは瀬戸物商ではなくタイル問屋でしたが、この通りにみえる人びとは、全国各地から小売商の方がたが仕入れに来られていたのでしょう。私がはっきりわが家と思っている記憶は、この細長い三階建ての家でした。

でも、私が生まれてから、この家へくるまでにすでに二回、宿替しています。そして、数え年十四歳の時、結核だといわれて、女学校の通学をとめられ、郊外であった帝塚山《てづかやま》へ小さな家を借りて、転地療養に入りました。

都心とはまったく異なる自然の土の匂い、空気、花畑、野菜畑、私は、おかげで自然の美しさを味わうことができたのでした。病気の養生ということで、環境の良いところを転々と移り、高《たか》師浜《しのはま》や芦屋といった、当時の清らかな生活を、なつかしく思い出します。

でも、あの一九四五年三月十三日の米軍大阪大空襲で、本拠である大阪の家は炎上しました。その時、母の喀血でやはり転地していた伽羅橋《きゃらばし》の借家から、空襲の火が夜空に散るのを見上げていました。

ああそれからでも、結婚、離婚、また思いがけない京都への転居など、十四、五回の転居流浪となります。この間も、私が夕顔の花二、三百輪咲く枝塀のことを書いたのを読まれた方が、びっくりしていらっしゃいましたが、どん底生活の時、姉の持家に住まわせてもらって、ボロボロの塀の下地にずっと夕顔の苗を植えて塀をカバーしたからその花は咲いたんです。今でも、貧しさのゆえの贅と思っています。

いろんな家に住むことができました。貸家や売家を見にゆくのが好きでした。「今度はどんな家に縁があるやろ」と、住むからにはやっぱり自分の気に叶う家でないと明け暮れのたのしみががいますから、よく見せてもろうたものです。

現在の住いに移って、もう二十四年過ぎます。ていねいな大工さんのお仕事が、築後八十年以上になるのではないかという昔ふうの民家を支えています。京都へくる時も、神戸時代の机や箪笥、ソファもそのまんま持ってきましたので、昔馴染みのお友達が「昔とおんなじ、や」と言われます。

あばらや転々、借金で求めた現在の民家には、文明に疲れた人たちが「ほっとする」といわれます。虚弱、貧乏、それが、生きている間のさまざまの暮しをたのしませてくれたのでしょう。

安静、読書の一生、学歴はまったく無い私ですが、転居歴はゆたかなんです。

魂のふしぎ

「この戦争はまちがってる。こんな戦争で死ぬのはいやだ。天皇陛下のおん為になんか死ぬのはいやだ」

一九四三年、戦地へゆく見習士官であった木村邦夫氏は、結核療養で女学校も中退してしまっていた私と、母同士の優しい配慮で、白扇を交換して婚約しました。私は二十歳になる前、邦夫氏は二十二歳になる前、戦争がどんどん悪化している時期でした。

日本は中国へ侵攻、朝鮮民族を強引に日本の指令に従わせ、フィリピン、アジア各地を恐ろしい目に遭わせていました。

私は、やがて病死するでしょう。邦夫氏は戦死するでしょう。二人の母は、「せめて二人の思いを婚約という形にしてやろう」と考えてくれたのでした。

このことは、繰り返し書き、また人前でのお話の時には必ず語りました。婚約してはじめて私の部屋へはいった青年は、それまで私のうけた教育ではきいたこともない言葉、

「この戦争はまちがってる。天皇陛下のおん為になんか死ぬのはいやだ」

と、はっきり言ったのです。

「喜んで死ね」という軍国主義教育に骨まで染められていた私は、びっくりしました。

「私なら喜んで死ぬわ」

と答えた私。

あの時の、真実を語った邦夫氏の真剣な魂を思いますと、惨酷な、無理解な返事をしてしまった自分が、命に対して、戦争に対して、まったく考えてはならないことを考えていた……という事実に、慚愧《ざんき》に耐えません。

人は、死ぬために生まれてくるのかしらと、幼い時から虚弱で「死ぬ子」と家族に守られながら育った私は、いつも思っていました。「朝《あした》には紅顔《こうがん》ありて、夕《ゆうべ》には白骨《はっこつ》となれる身なり」という蓮如上人のご文章は、まさにその通り、科学的現実です。

ところが病気や戦争や悩みに苦しみながら、いつも「もう死ぬ」と自覚していた私が、まだ存命させてもらっているのですから、いのち、魂、覚悟も、ふしぎですね。

ふしぎと言えば一九四五年五月の末の日、私は夢で邦夫氏が絣《かすり》の着物をきて、二人で話したことのある大阪の私の部屋にはいってきた笑顔を見ました。私、母も、邦夫さんの夢に喜んだのですが、もうその時は三月十三日の米軍の大阪大空襲で、私の家は焼野原になっていました。

その上、その同じ夢を五月二十九日、三十日、三十一日、と三晩つづけて見たのです。私は心から思慕している邦夫さんが「帰ってきやはる」と喜んだのですが、どうでしょう。敗戦後半年以上もたって、「木村邦夫戦死」の公報が来たと木村のお母さんが持ってこられました。その公報には、「五月三十一日沖縄津嘉山で戦死」と、ありました。

沖縄は全島沖縄戦で地元民も軍も、少年少女隊もおびただしく殺されました。沖縄では魂のことを、マブイとよびます。不思議な魂《まぶい》の感応、私は邦夫さんの魂が私の魂と語ったことを信じています。

この間、一対の雛を染めた布に、何か書くようにと言われて、思わずいつも思っていることを書きました。

刻々のいのち
魂を　生きる
真の愛は　とこしえ。

生も、死も、その刻々が動く魂でしょう。刻々を新しい魂が生まれては消え、消えては生まれているのではないでしょうか。どんな存在の魂をも、平和に、大切にと念じています。

あとがき

この随筆集の中には、何度かハンセン病に寄せる文がはいっています。ほんとに長い長い、切ない隔離政策に苦しめられたハンセン病の元患者さんたちが、国に対して闘っておられたハンセン病国賠訴訟。熊本地裁で勝訴となった喜びを書くようにと、『朝日新聞』の松井京子氏が来て下さいました。

ところが「控訴するといっている」「控訴断念」と、何度も転々として四日間もつづけて来られ、ご子息の嶋本尚志様まで足を運ばれて、結局「深い謝罪を形にするとき」という一文となったのが五月二十六日朝刊に掲載されました。末尾に記した「問題はこれからだ」に共感して下さった、北海道から沖縄までの方がたがお便りを下さいました。

まったく心あふれるのみでつたない表現ですが、ひとりひとりに「これから」が問われていると思います。この本のはしがきにかえて、この控訴断念を入れました。そして、このたびの国会の謝罪決議。

これも一つの時代推移。わずかな文章のなかにも、人びとの運命の動きや時代背景があります。

五月には、昨年にひきつづいて韓国へ飛ぶお約束を朴菖熙《パクチャンヒ》先生と交していたのですが、体調弱って残念ながら中止させていただきました。逆に来日して下さった朴先生の「東アジア・韓国に生きる」お話を、金鐘八《キムジョンパル》氏のロゴス塾でうかがったのでした。

今年の五月も、「基地のない沖縄を！」と叫ぶ鉢巻をしめた全国の労働組合や市民団体の人びとが沖縄本島で「五・一五平和行進」を三日間つづけました。京都から参加した若い学生の方も、苦悩の色に身をひきしめるご報告でした。

読みかえしておりますと、毎日、事毎《ことごと》に感じている「ふしぎ」「いのち」を繰り返しています。同じふしぎでも「お経にダンスの坊や」は可愛くて、今はもうお幾つになられているのでしょうか。こちらは安静にしていて踊れません。でも気持はかえって激しくなっているようです。面白い自分とのつき合いをたのしんでいます。

藤原良雄社長様がおでんわ下さって、「書名を『弱いから折れないのさ』にしましょう」とおっしゃいました。「また 起きあがるのさ」に書かせてもらっている星野富弘様の詩の一節です。びっくりして星野様におでんわしましたら、昌子夫人と笑って、「どうぞ、どうぞ」とご了承下さいました。お互いに「弱いから折れないのさ」なんですもの。

今回もすべてお世話下さった高林寛子様や、山崎優子様はじめ編集スタッフの皆様、ありがとうございます。一つ一つの原稿を頼んで下さったそれぞれ担当の方がたとの思い出を重ねて、また私に一冊を作っていただける感動、あつく御礼申し上げます。

お目にかかったこともありませんのに、大切なお便りを下さる読者の方がたのお励まし、どんなにか学ばせていただいております。すんなりと「弱いから折れないのさ」を書名にして下さり、藤原良雄様、ほんとにありがとうございました。星野富弘様のご好意で御絵作品の母子草《ははこぐさ》カバーで守られます。

岡部伊都子

二〇〇一年六月

初出一覧

ハンセン病　深い謝罪を形にするとき　『朝日新聞』二〇〇一年五月二十六日
ありがたいお出逢い　『月刊みと』一九九九年八月号
詩の音色／末っ子の思い／お数珠が切れた日／美八重さんというお名／ようやくに／思いちがい／お経にダンスの坊や／哲学のおん香／仲よく生きたい／美枝子さんのお蔭で／先生がたの前で／このハルモニたちに／人間性の解放／えとこへゆく／ナース讃／「カムサハムニダ」女人舞楽／兄弟の目／キリスト者の愛　『大法輪』一九九四年九月号〜二〇〇〇年一月号
逝かれたあとも／なつかしい声　『京都新聞』（夕刊）一九九八年九月九日、一九九八年十二月十八日
屈服しない美　『新社会』一九九八年一月十三日
点滴……に歌う／インドの握手　『働く広場』一九九七年十一月号、一九九八年二月号
ラジウムの力　『茶の間』一九九八年四月号
愛しき気品　琉舞「かなの会」発足記念誌、一九九八年十一月
眼の見えない民　『機』藤原書店、一九九九年四月号
ずうっと虫の視野で　『朝日新聞』一九九九年三月九日
兄の記憶　『茶道の研究』茶道之研究社、一九九九年四月
平和の礎の魂　『婦人之友』一九九九年八月号
秀子先生の声　「丸岡秀子『埋葬を許さず』の精神を語り継ぐ二〇〇〇年五月の集い」メッセージ　二〇〇〇年五月二十八日
八月に　『赤旗』一九九七年八月十五日
しきた盆のせかい　『星砂の島』創刊号、一九九六年十月

沖縄と私　『京都民報』一九九七年七月十三日、七月二十日、七月二十七日、八月三日、八月十日
歴史から学ぶ　『京都新聞』（夕刊）一九九七年七月十六日
平和への自由は無いのですか　『京都新聞』（夕刊）一九九九年六月四日
人間の鎖　『大法輪』二〇〇〇年九月号
ひびけ！　沖縄のこころ　『京都新聞』（夕刊）二〇〇〇年三月二十八日
地震と六ヶ所村／フランスの核実験に思う（「今も昔も」を改題）／薬害への無念／環境に「やりたいこと」／地雷の恐怖（「対人地雷の恐怖」を改題）／強制する政治／ハンセン病と人権　『大法輪』一九九四年十一月号～二〇〇一年一月号
「毒」は許せない　（「昨年の『毒』許せない」を改題）『朝日新聞』（夕刊）一九九九年一月二十六日
愛の飢え／「臨界」事故　『月刊みと』一九九九年七月、一九九九年十一月号
戦争遺跡は語る　『これからどうなる21』岩波書店、二〇〇〇年一月
日本社会の欠落　『年金時代』二〇〇〇年六月号
五年目の客／光州・追慕塔　『京都新聞』（夕刊）二〇〇〇年二月七日、六月六日

不思議いのち　『禅の友』二〇〇〇年九月号
骨壺ならんで／あやまち重ねて／鬼の指／「ベナレス・ガンダー」／ホンコンカポック／四十三年の抱き人形／蓮の実からから／可能性の絵／不屈の日／名を知らないいのち／色のふしぎ／変化こそ　真理／生きている刻々　『大法輪』一九九四年七月号～二〇〇〇年十二月号
骨壷の子／友梨子ちゃんの操船／声なき敏感　『京都新聞』（夕刊）二〇〇〇年八月九日、十月十日、十二月八日
また　起きあがるのさ　『月刊みと』二〇〇〇年四月
鉛筆のちから　『ないおん』二〇〇〇年十月号
小さな大宇宙　『一枚の絵』二〇〇〇年九月
転居歴の一生　『ＨＩＲＯＢＡ』二〇〇〇年九月
魂のふしぎ　『あけぼの』聖パウロ女子修道会、二〇〇〇年十一月号

『岡部伊都子集』以後の、魂こもる珠玉の随筆集

岡部伊都子随筆集

『岡部伊都子集』（岩波書店）以後の、珠玉の随筆を集めた文集。伝統や美術、自然、歴史などにこまやかな視線を注ぎながら、戦争や沖縄、差別、環境などの問題を鋭く追及する岡部伊都子の姿勢は、文筆活動を開始してから今も変わることはない。病気のため女学校を中途退学し、戦争で兄と婚約者を亡くした経験は、数々の随筆のなかで繰り返し強調され、その力強い主張の原点となっている。

〔推薦者のことばから〕

鶴見俊輔氏　おむすびから平和へ、その観察と思索のあとを、随筆集大成をとおして見わたすことができる。

水上　勉氏　一本一本縒った糸を、染め師が糸に吸わせる呼吸のような音の世界である。それを再現される天才というしかない、力のみなぎった文章である。

落合恵子氏　深い許容　と　熱い闘争……／ひとりのうちにすっぽりとおさめて／岡部伊都子さんは　立っている

随筆集、第1弾

思いこもる品々

「どんどん戦争が悪化して、美しいものが何も彼も泥いろに変えられていった時、彼との婚約を美しい朱杌で記念したかったのでしょう」（岡部伊都子）身の廻りの品を一つ一つ魂をこめて語る。［口絵］カラー・モノクロ写真／イラスト九〇枚収録。

Ａ５変上製　一九二頁　**二八〇〇円**
（二〇〇〇年一二月刊）
◇4-89434-210-3

随筆集、第2弾

京色のなかで

「微妙の、寂寥の、静けさの色とでも申しましょうか。この「色といえるのかどうか」とおぼつかないほどの抑えた色こそ、まさに「京色」なんです」……微妙な色のちがいを書きわけることのできる数少ない文章家の珠玉の文章を収める。

四六上製　二四〇頁　**一八〇〇円**
（二〇〇一年三月刊）
◇4-89434-226-X

著者紹介

岡部 伊都子（おかべ・いつこ）

1923年大阪に生まれる。随筆家。相愛高等女学校を病気のため中途退学。1954年より執筆活動に入り、1956年に『おむすびの味』（創元社）を刊行。美術、伝統、自然、歴史などにこまやかな視線を注ぐと同時に、戦争、沖縄、差別、環境問題などに鋭く言及する。
著書に『岡部伊都子集』（全5巻、岩波書店、1996年）『水平へのあこがれ』（明石書店、1998年）『思いこもる品々』（藤原書店、2000年）『京色のなかで』（藤原書店、2001年）他多数。

EYE LOVE EYE

弱いから折れないのさ

2001年7月30日　初版第1刷発行©

著　者　岡部　伊都子
発行者　藤　原　良　雄
発行所　株式会社　藤原書店

〒162-0041　東京都新宿区早稲田鶴巻町523
TEL　03（5272）0301
FAX　03（5272）0450
振替　00160-4-17013

印刷・製本　平河工業社・河上製本

落丁本・乱丁本はお取り替えします
定価はカバーに表示してあります

Printed in Japan
ISBN4-89434-243-X